男と女、なぜ別れるのか

渡辺淳一

集英社文庫

男と女、なぜ別れるのか　目次

男と女、なぜ別れるのか

其の壱　基本的な生命力

身体《からだ》が大きく、運動能力に優れているということと、
長生きする生命力、妊娠し出産して、
子供を育てていく能力は、
それぞれ、まったく次元の異なるものである。
男は男なりの、女は女なりの強さをもっていると言えるのだが、
人類の繁栄という、その根源的な意味からいうと、
女の強さの方が、人類にとって有意義で、
不可欠なものである。

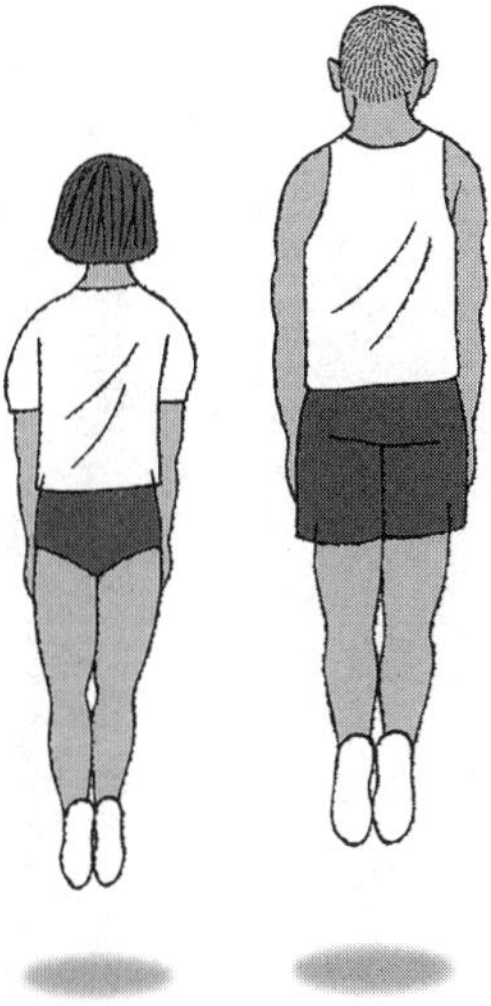

男と女、どちらが強いか。この問いかけに、みなさんはどのように答えられるだろうか。若い男性なら、「そりゃ男だよ」と、当然のように答えるだろう。いや、女性も、「もちろん男性でしょう」と答える人が多いかもしれない。たしかに、一般的にこの答えは正確で、当たっているかと思われる。

運動能力の違い

小学生の時から、男と女を比べた場合、体力的にはあらゆる面で、男の方が女より勝っている。

まず、駆けっこ。百メートルの徒競走をした場合、十人中十人、男の方が勝つ。さらに二百メートルも、そして千メートルと、距離が延びても、男の方が圧倒的に速い。

次にジャンプ力、これも男の子の方がはるかに高く、遠くまで跳ぶことができる。

そして現実にはおこなわれないが、騎馬戦。これをやったら男の方が勝つことは言うまでもない。

実際、戦う前から結果がわかっているから、この種のことは男女ではあまり争わないことになっている。

この幼いときの男女差は、中学、高校、大学と、長じるにしたがって、さらに大きくなり、成人となると、もはや争うまでもなく、圧倒的に男の方が強くなる。

したがって、あらゆるスポーツで、男と女が対等に争うゲームは皆無となる。

そしてこの現実を見たら「男の方が強い」という答えは当然で、そこに異論をはさむ人はいないだろう。

平均寿命では

しかしここでさらに視点を変えて、「生命力」という点になると、どうだろうか。

これらは、男女互いの姿や動きを簡単に見ただけでは決められない。これをたしかめるためには、当然のことながら、これまでの男女に関わるさまざまな記事や統計を参考にすることになる。

そこでまず、平均寿命だが、これは外見とは別に、男性より女性の方がはるかに長寿である。

二〇一一年の各国別の平均寿命（WHO世界保健統計二〇一三年度版より）を見ると、日本が八十三歳でスイス、サンマリノと共にトップ。第四位はアンドラ、オーストラリア他十一か国となっている。

ちなみに、フランスも八十二歳、アメリカは七十九歳、中国は七十六歳である。

一方、短い方では、シエラレオネの四十七歳、中央アフリカ共和国の四十八歳となっている。

世界でも、日本は一番の長寿国であるが、男女差はどうなっているのだろう

か。

そこで、日本の男女別の平均寿命を見ると、男性は七十九歳で世界第十二位。これに対して女性は八十六歳と、世界一の長寿となっている。

以上の統計からわかるように、日本は世界有数の長寿国ではあるが、さらに男女別では、女性が男性より七歳長寿であることがわかってくる。

このように女性の方が長寿であることは、日本に限らず全世界に共通して言えることで、スイスでは五歳、サンマリノでは一歳、アンドラでは六歳、それぞれ女性が長寿となっている。

その他、さまざまな国の寿命の男女差を見ると、総じて女性の方が平均して、四、五歳長生きであることがわかってくる。

なぜ男は短命なのか

以上の男女差はなぜ生じるのだろうか。

この点に関しては、男の子の方が活動的で乱暴なため、若くして死ぬケースが多いうえに、戦争や他者との争いなどで、男の方が亡くなる例が多いから、と説明する人もいる。

もっとも男女差が開いたと思われる戦後まもない頃でも四歳だったのに、今や七歳とは。

平和な時代が続き、高齢者医療の充実と乳癌《にゆうがん》、子宮癌など、婦人科系医療の進歩とともに、女性の平均寿命は一段ときわだってきたようである。

そこで問題になってくるのが、乳幼児の死亡率である。

この場合、ほとんどが五、六歳までに亡くなるために、平均寿命に大きな影響を与えることはたしかである。

この乳幼児死亡率。現在は二から三パーセントくらいだが、男女差でみると、女児より男児の方がやや高くなっている。

たしかに、男女、両方を育てた経験のあるお母さんたちは、「女の子より、男の子の方が大きなケガをしたり、子供の頃、病気にかかり易《やす》くて育てにくい」と感想を洩《も》らすケースが多い。

実際、日本には古来から、「一姫二太郎」という諺《ことわざ》がある。

これを「男の子二人に、女の子一人を産むのが理想」と勘違いしている人がいるようだが、これは明らかに間違いである。そうではなく、男の子は育て方が難しいので、「初めは女の子を、次に男の子を産んだ方が育てやすい」という意味で、産む順番を表しているのである。

今でこそ、小児医療が充実して、乳幼児の死亡率は極端に下がったが、以前、とくに江戸時代の頃は、男児の死亡率は圧倒的に高かった。

とくに江戸の大奥などでは、生まれてきた男子の五割以上も亡くなる、ということがあり、これによる将軍職の後継問題などで、多くの人が一喜一憂することも少なくなかった。

それはともかく、乳幼児期から、男の子の方がひ弱で、病気にかかり易いことは、多くの親たちが実感している明白な事実である。

七歳の寿命の差

以上のことを理解したうえで、改めて男女の平均寿命を考える必要があることがわかってくるが、それにしても現在の成人男女の、七歳という寿命差は、あまりに大きすぎはしないか。

これでは、男子の方が乱暴で傷つき易いから、という表面的な理由だけで、説明できるとは思えない。それより、根本的な男女の生命力の違いが根底にあると考えられてくる。

いずれにせよ、これだけの寿命差がある以上、日本の一般の夫婦においては、夫が亡くなってから、妻は七年間、一人で生きていかなければならなくなる。

いやいや、それどころではない。多くの日本の夫婦の場合、男性の方が二、三歳から五、六歳年上のケースが多いので、夫婦の年齢差に平均寿命を加えると、十年から十二、三年、夫が早く死ぬことになる。

このことは当然のことながら、夫の死後、妻は十年前後、一人で生きていかなければならなくなるとも言える。

実際、高齢者が多く集まるところや、施設などでは、圧倒的に女性の方が多

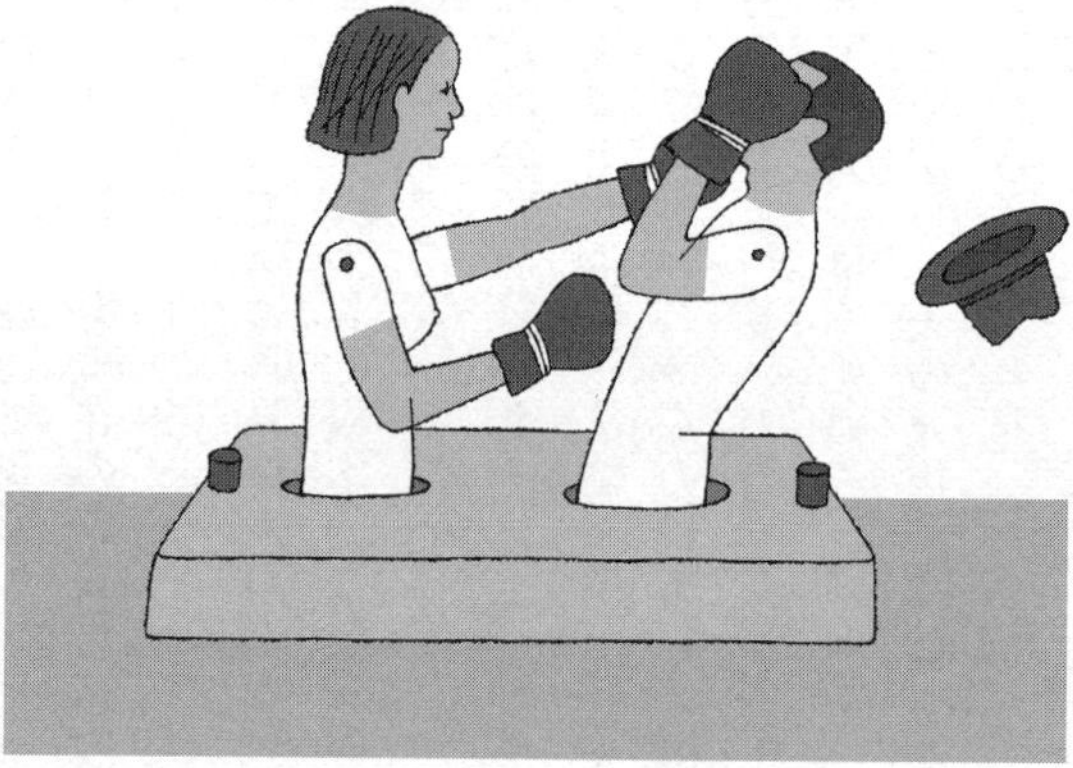

く、平均して七割から八割を女性が占めている。

この傾向は日本だけでなく、アメリカもヨーロッパも同様で、高齢になるにつれて女性が強く元気になるのは、国や人種に関わりないようである。

これに反して、男は高齢になるにつれて急速に弱り、女性より早死にするケースが圧倒的に多くなる。

おかげで、現在高齢者の施設では好意を寄せ合う男女や、恋愛しているカップルも数多いが、男性不足が大きな問題となっている。

このため、一人の男性をめぐって、二人の女性が争うケースも多く、いわゆる男性優位の三角関係が一般的となっている。

これも、世界的に共通する傾向で、こうした現実を目の前にすると、改めて「男性たちよ、頑張ってくれ」と男に応援歌を送りたくなるのだが。

身体能力と生命力

以上の経緯を見て、改めて気がつくことは、身体能力と生命力とはまったく異質の能力である、ということである。

身体が大きく、運動能力に優れているからといって、長生きしていく生命力も強い、というわけではない。逆に身体が小さく、運動能力が劣っているからといって、生命力が弱いというわけでもない。

これは人間に限らず、われわれの身近で生活している、犬や猫などでも同様である。

一般的に、犬や猫の平均寿命はほぼ十二、三歳前後で、あまり差はないようだが男女差で見ると、猫はメス十一・三歳、オス八・七歳と、ここでも明らかにメスの方が長生きである。さらに蜂や蟻《あり》など小さな生物でも、圧倒的にメスの方が長生きすることがわかっている。

このように、動物の世界でもメスの方が生命力が強く、長生きするようにつくられているのは、なぜなのか。

この点に関しては、多くの動物学者が認めているように、「種のよりよき保存のため」と考えるのが、もっとも妥当なようである。

表面的な体力はともかく、さまざまな条件の下で一つの動物が生き残り、栄えていく。この基本的な要求を満たすためには、まずメスが生命力に満ち、強くあることが絶対不可欠である。

これに比べたら、オスの強さはあくまで瞬発的で、種族保存の本質的な問題とは無縁であることがわかってくる。

実際、人間の女性は平均して、子供を六人まで産み育てる能力を有している、と言われている。

現実に、六人も子供を産むか産まないかは別として、その気になれば、一般的に六人までは産む能力を秘めている、というわけである。

この女性の強さは、男のように山野を駆け廻《まわ》ったり、外敵と戦う能力とは無縁のものである。

それより、生命の根源に関わる基本的な生命力で、これこそ人類の存亡に関わる、重大な能力であることは言うまでもない。

異質な強さ

以上、さまざまな点から考えて、改めてわかってきたことは、男の強さと女の強さは、根本的に次元の異なる問題である、ということである。

表面的な体力と、妊娠し出産して、子供を育てていく能力。この二つはまったく異次元の異質なものである。

そしてそれだけに、この二つを比較し、検討することは、無意味と言ってもいいだろう。

それより重大なことは、男は男なりの、そして女は女なりの強さをもっている、という事実である。

ところで、この男と女、両者がもっている強さは、いずれの方が人類の現在から未来に対して重要であろうか。

この問題まで踏み込むと、答えは自《おの》ずと明白になってくる。

人類そのものを永遠に繁栄させる。その根源的な意味からいうと、女の強さの方が、人類にとって圧倒的に有意義で、不可欠なものである。

本章の結論はここに到達したが、読者はどのようにお考えだろうか。

其の弐　寒さに対して

女性は、子供を育み、産み落とす性である。
この女体にまんべんなく
脂肪を貯《たくわ》える能力を与えられたのは、
まさに創造主の意志、英知としか言いようがない。
まさしく人類において、もっとも念を入れ、
強く逞《たくま》しくつくられているのは女性の体なのである。

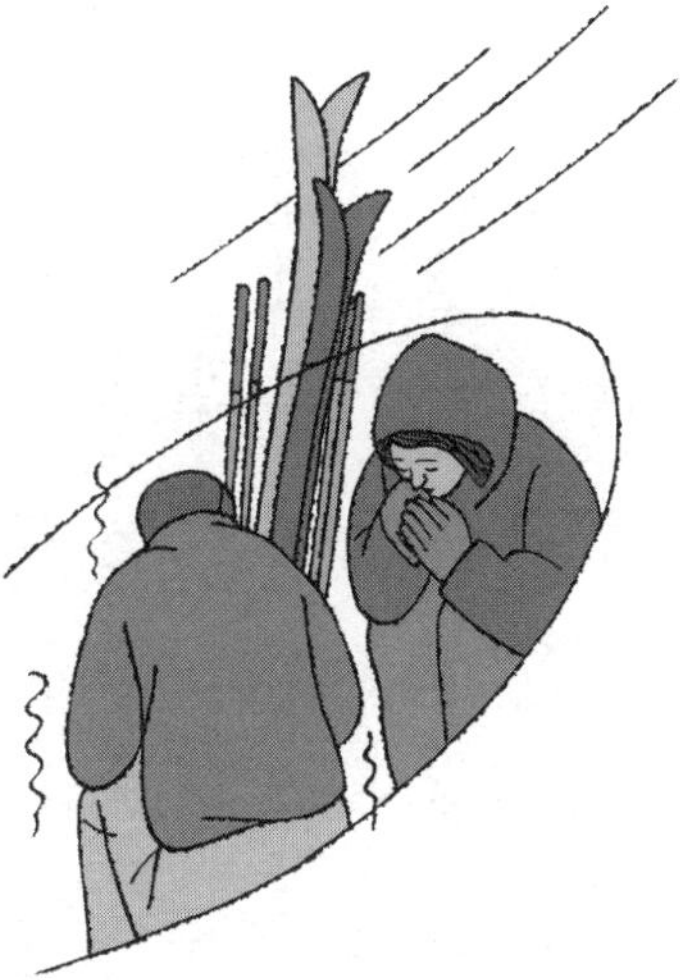

少年の頃から、わたしはスキーが上手だった。

小学校、中学校と、育った場所が札幌の円山というところで、すぐ近くにゲレンデがあり、そこまで歩いて十五、六分で行けた。

おかげで放課後など、よくスキーをやっていたので、うまくなるのは当然。

中学三年生の頃には一級の免許も持っていたし、スキーの国体の予選にも出ていた。

もっとも、札幌地区にはスキーの上手《うま》い選手が多く、代表にはなれなかったが、本州から来る国体選手くらいの実力はある、と思っていた。

その後、大学に行き、スキーはあまりやらなくなったが、それでも仲間と時々滑りに出かけていた。

たしか、教養の二年生の時だったと思うが、男女仲間二十人くらいと、ニセコの山に出かけた。

ここは山が高いうえにゲレンデも長く、滑りがいがあるが、いささか難しい。そこで下山することになったが、こういう場合、一番上手い男が先頭を行き、次に上手いのが最後尾につく。

わたしはたまたま最後尾の担当になり、一斉に下りはじめたが、わたしのすぐ前を行く女性が下手《へた》で、数回転んで泣き出しそうになる。

そうこうするうちに、前を行く連中と離れたうえ、雪が激しく降り始める。そこでわたしは一旦、下山するのをあきらめ、少し雪庇《せっぴ》が突き出た箇所に小さな穴ぐらをつくり、そこでしばらく二人でビバークすることにした。

今のように携帯はないが、まだ明るいから、しばらくここで休んでから下山しても、大丈夫である。

そこで簡単な雪穴に二人で寄り添っていたが、彼女はあたりを見廻してしきりに寒そうにする。

アノラックは着ているが、やや瘦せているので、寒さがこたえるのかもしれない。

そう考えたわたしは、彼女に自分のヤッケを貸してやることにした。

これでは、わたしの方が寒くなるが、以前からわたしは彼女に好意を抱《いだ》いていたので、多少の寒さは耐えることにした。

そのまま小一時間、ビバークしていたが、彼女がわたしに寄り添うようにして縮こまっていたので、わたしは満足だった。

やがて、少し晴れ間が出てきたので「よし、下りよう」と彼女に声をかけ、一緒にゆっくり山を下り、麓《ふもと》でみなと合流することができた。

こうして、ここまではなにごともなくすんだが、翌日、わたしはたちまち熱を出して寝込んでしまった。

彼女にヤッケを貸したまま我慢したのが原因とわかったが、すでに手遅れ。そこで友人に「彼女はどうしている?」ときくと、「元気だよ」とのこと。「そりゃよかった」と安堵《あんど》したが、このあと、わたしは自分が大変な思い違いをしていたことに気がついた。

手術してわかる

その後、五、六年経《た》って、わたしは外科医になった。

当然、いろいろな手術をしたが、虫垂炎（盲腸）の手術もした。

そこで初めて気がついたのだが、女性の体には思いがけない程、多くの脂肪が貯えられている。

かなり痩せている、と思われる人でも、お腹はもちろん腰や太腿《ふともも》、そして肩や腕にも脂肪がついている。

今迄《まで》気がつかなかったが、これらの脂肪がまさしく女性の体を柔らかく、まろやかにしている理由であった。そしてこの脂肪は、女性ホルモンの働きによるものであった。

もちろん男性の肥《ふと》っている人も、体内に多くの脂肪を貯えているが、これらはほとんどが、内臓で貯えられる内臓脂肪で、表面的にはあまり目立たない。

一方、女性の体にはまんべんなく脂肪がついていて、とくに中年の肥っているおばさんなどは大変。

虫垂炎の手術のときには、下腹部に貯えられている脂肪を分けながらすすむが、この黄色い脂肪が邪魔をして、容易なことでは虫垂突起にたどりつけない。これに対して、一番手術をやり易いのは、痩せたおじさまで、こちらは右の下腹部を開けるとすぐ虫垂が飛び出してくる。

これでは肥ったおばさまと、痩せたおじさまと、両者の虫垂炎の手術料が同じ、というのは少しおかしな気がするけれど。

それはともかく、かなり痩せていると見える女性も、皮下脂肪は意外にたっぷりあるのである。

そもそも、体脂肪率の判断基準は、男女間で大いに違うのである。

まず、男性の場合、体脂肪が「低い」と判断されるのは、五パーセントから九・九パーセントであるのに、女性の場合は五パーセントから一九・九パーセントに達する。

また、「標準」は男性が一〇・〇から一九・九パーセントであるのに、女性

は二〇・〇から二九・九パーセント。さらに「高い」となると、男性が二五パーセント以上なのに、女性では三五パーセント以上、となっている。

これらのデータを見て、改めて思い出したのが、ニセコで一緒にビバークした女性のこと。

あのときは、痩せた女子だから寒いのだろう、と同情したが、そんな必要はまったくなかったのだ。

もし女体にあれほどまんべんなく脂肪がついているのを知っていたら、ヤッケなど貸さなかったのにと思ったが、すでに時遅し。

とにかく、わたしが翌日から風邪をひいたのは、この男女の差に気付いていなかった、無知の結果といわれても仕方がないだろう。

女性ホルモンの働き

それにしても、女性にだけ、なぜあれほどまんべんなく脂肪がついているのだろうか。

そして男性にはなぜつかず、ついてもほとんど内臓脂肪になるのだろうか。

ここでまず思いつくのは、母体となる女性の特殊性である。いや、これは特殊性というより、女性ならいつでもなりうる可能性を秘めているわけだが。

当然ながら、妊娠して母親になるのは女性である。

このとき、お腹の中にいる胎児を冷やさず守る必要がある。さらに妊娠中、母親自身が寒さなどで風邪をひかないよう、気をつけなければいけない。

これら二重の目的のために、女性は常時、全身に皮下脂肪をとどめておく必要がある。

実際、これは必要なことで、産婦人科の医師も、あまり痩せすぎている妊婦には注意をするとのこと。

とにかく、母体が豊かな脂肪に守られていることは、母体は勿論《もちろん》、胎児にとっても安心である。

さらに今一つ、皮下脂肪は、母体が外からなんらかの危害を加えられたとき、たとえばお腹を打たれるとか、転んだりしてお腹を圧迫したとき、脂肪が豊かだと、その衝撃をかなり和《やわ》らげることができる。

要するに、外傷の影響を緩和させるためにも、体内の脂肪は有効、というわけである。

妊婦と胎児を守るため

以上は母体を守る、という意味で、それなりにわかり易く、自然に納得できることである。

だが、これに歴史的な視点をくわえると、皮下脂肪の重要性はさらに増してくる。

かつて、といっても今から古い古い昔のことだが、人類は食べるものがなく、飢えに苦しんだこともあったろう。いや、それだけでなく、飢えにより死亡した女性もいたに違いない。

実際、大規模な冷害や風水害に襲われ、その地域の多くの人が被害を受けたこともあったろう。

こういうとき、女性だけは守りたい。とくに妊娠中の母体だけは守りたい。これは神の配慮というより、種の保存のための、自然の摂理と言ってもいい。たとえそこまでゆかなくても、貧しい国では乳児の死亡率が高く、その原因のなかには、母体の脂肪分が不足した結果というケースもあったろう。

事実、最近の人口動態のデータを見ても、二〇〇八年のインドの乳児死亡率は千人の出生に対して実に五十二人が死亡、北朝鮮でも四十二人が亡くなっている。

さらに、同年のパキスタンでは七十二人を記録している。

いやいや、それどころではなく、アフリカのコンゴ民主共和国では百二十六人、アンゴラでは百三十人、そして、アジアのアフガニスタンではなんと百六十五人に達している。

これに比べて、日本は三人で、世界的に見ても、低くなっている。

それだけに、妊婦の脂肪が大事、という発想はあまりないが、母体の脂肪は胎児を守る面で無視できない、大事な要素であることは言うまでもない。

ニューハーフの悩み

以上、母体自身を守ると同時に、胎児を守るという二つの意味から、女性の皮下脂肪の重要性はおわかりいただけたかと思うが、最後に今一つ、男性からの欲求も付け加えておく必要があるだろう。

それは、すべての男性に共通する、女体願望である。

男ならみな、女の体を見て近付き、接し、抱きたいと思う。

この接して抱きたいと思う願望の基本にあるのが、女体の柔らかさである。

ふんわりと柔らかく、温かい。これが女体の最大の魅力である。

もし、これが硬くてごつごつしていたら、誰も近付かないだろう。

この男を引きつける魅力は、ふんわりとした柔らかさだが、これを生み出しているのが、女体の皮下脂肪である。これがあるおかげで、男たちは女性に近付き、言い寄ってくる。

しかし、多くの女性たちは、脂肪を落として痩せようとする。甘いものを避け、いろいろ運動して、脂肪分を除こうとする。

これでは、せっかく男たちが憧れる脂肪の柔らかさを削《そ》ぎ、失うことになるのではないか、と心配する男もいるかもしれない。

だがここからが、女の体の不思議さである。

女の体はかなり痩せていても、ふっくらとした柔らかさはそのまま残っている。

これはなぜなのか。

ここで重要な働きをするのが、女性ホルモンである。

全身の脂肪を削ぎ落とし、別人のように痩せても、女の体にはなお脂肪分が残っている。それも全身にまんべんなく、柔らかな脂肪がとどまっている。

いいかえると、たとえ痩せても、男の女体願望が失《う》せぬよう、体内に脂肪を貯えているのである。

これは、女性ホルモンだけがもっている秘めた能力で、男性ホルモンでは、とてもこんな柔らかさは保てない。

男は痩せたら、痩せた分だけ、ごつごつ強張《こわば》るだけである。

この悩みをもっとも強く感じているのが、ニューハーフである。

彼等は痩せると、それだけごつごつして、骨っぽくなるだけである。

いかに顔から胸元を美しく化粧し、局所まで変えたとしても、ニューハーフはどこかごつごつして男っぽい。

この最大の理由は、体の内面そのものが、女性ホルモン主導になっていないからである。

実際、これは当然で、ここからさらに女性に近付くためには、体内に卵巣を保ち、女性ホルモンをつくらなければ難しい。しかし、これはできるわけがないから、ニューハーフはどうあがいたところで、女にはなりきれないのである。

一方、女はどこまでも女である。いくつになっても、全身にまんべんなく脂肪を貯え、寒さに備えている。

さらに空腹の時、そして飢えた時には、体のなかの貯め込んだ脂肪を取り出し、それで飢えをしのいでいく。

もちろん、男も飢えた時には、体内の脂肪を取り出し、それで飢えをしのぐが、それだけで、体の寒さを防御することまでは難しい。

創造主の配慮

以上、ここまで見てきたら、「男と女、どちらが強い」という問いの結論は自ずとおわかりだろう。

答えは「女である」。さらにくわしくいうと「女性ホルモンをもっている女」ということにでもなろうか。

それにしても、創造主はどうして女性ホルモンにだけ、体内に脂肪を蓄積する能力を与えられたのであろうか。そして男性ホルモンには、その種の能力は与えられていないのか。

この理由は改めて考えるまでもなく、明らかである。

女性は、そして女体は、子供を育み、産み落とす性である。さらに子供を抱き、育てていく性である。

この女体にまんべんなく脂肪を貯える能力を与えられたのは、まさに創造主の意志というか、英知としか言いようがない。

まさしく人類において、もっとも念を入れ、強く逞しくつくられているのは女性の体である。

それに比べて、男は手抜きというわけではないが、どこか単純に安易につくられていることは否《いな》めない。

男としていささか残念だが、この違いは認めざるをえないだろう。

其の参　痛みに対して

男は一見大きく頼り甲斐《がい》もありそうに見えるので、
痛みにも強そうに思われるが、
実際は女性の方がはるかに痛みに強く、
忍耐力にも優れている。
毎月の生理の痛みに耐えるには、
我慢強さと強靭《きようじん》な神経と、
いい意味での鈍感力を備えていることが必要なのである。

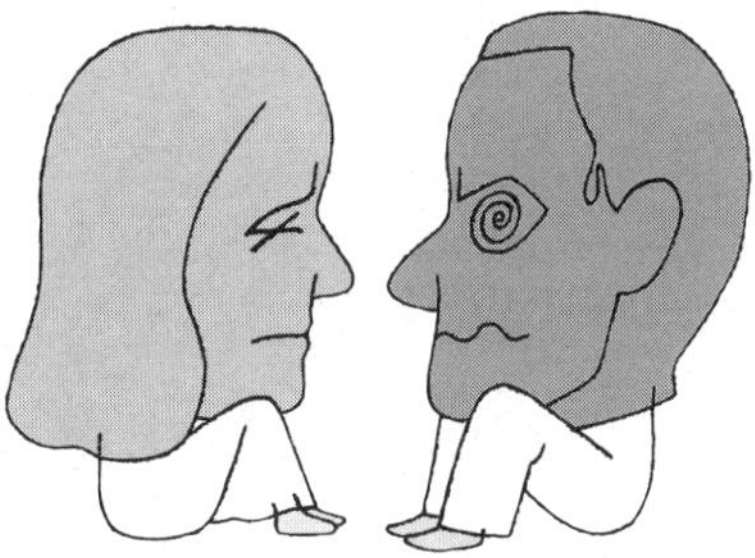

男と女と、痛みに対して、どちらが我慢強いか。

こんな質問をされたら、みなさんはどう答えるだろうか。

実際に、アンケートをとって調べたことはないので、正確にはわからないが、男の大半は、「そりゃ、男だろう」と答えるかもしれない。さらに女性も、「男でしょう」と答える人が多いような気がする。しかし、なかには、「もちろん女よ」と、きっぱり答える女性もいそうである。

そこでこれから、この問題について、いろいろな点から考えてみたいと思うのだが。

軽い痛み

一般に、男女ともに受ける痛み。たとえば予防注射のような場合。これは痛みのなかではかなり軽いものだが、これに「痛い」と黄色い声をあげるのは、女性の方が多いかもしれない。

　これに対して、男は顔をしかめても、声に出すようなことはまずありえない。さらに、静脈注射や点滴などで、静脈に針を刺される時。この場合も、女の人は「痛い」と顔をしかめたり、「あの看護師さん、下手でいや」などと文句を言うことがありそうだが、男はほとんどじっと耐えている。

　こうした反応だけを見ていると、女の方が痛がりというか、痛みに敏感で、男の方が我慢強い、と思う人が多いだろう。しかし、こうした表面に現れた態度だけで決めるのは、少し安易すぎるかもしれない。

　それというのも、男は幼いときから、なにか痛い目にあっても、「男らしく我慢しなさい」と言われている。

　あまり大袈裟《おおげさ》に「痛い、いたい」と言うのは格好が悪い、恥ずかしいことだと教えられている。

　これに対して、女性は「痛い」と派手な声をあげても、さほど叱られたり、「女らしくない」などと言われることはない。「痛い」と言っても、比較的許されるというか、批判がましいことを言われることはあまりない。

この社会的な反応の違いというか、受け入れられ方の違いが、微妙に影響していることは否定できないだろう。

三大疼痛《とうつう》

それでは、これらよりはるかに強い、重い痛みに対してはどうだろうか。

これまで、人間にとってもっとも激しい痛みとは。それぞれの病状の進行程度によって、多少異なるが、だいたい次の三つ、と言われてきた。

それは「痛風、痔《じ》、胆石」この三つの痛みである。これらを体験した人はみな、「とても耐えられない」「もう二度と嫌だ」とつぶやき、顔をしかめる。実際この痛みには、大の男も泣きたくなるようである。

もっとも、今はかなり優れた鎮痛剤ができているが、それでもこれらの痛みに耐えるのは容易ではないだろう。

とくに胆石の場合は、狭い胆道を硬い石同然のものが出てくるのだから大変である。多くの人が、泣き出さんばかりに苦しむのは無理もない。

お産の痛み・陣痛

しかし、しかしである。

胆石より、さらに強い痛みが存在する。

本当に、そんなものがあるのか。不審に思う人もいるかもしれないが、それはお産の陣痛である。

なんだ、と思われる方も多いかもしれないが、このお産の痛みは胆石の比ではない。

というのも、胆石の痛みを体験した女性に、「お産の痛みと比べて、どうですか」ときくと、「そんな比ではありません」と、あっさり否定される。

しかし胆石もお産も、痛みのメカニズムはよく似ている。

胆石では胆嚢《たんのう》から出ている胆道という狭い通路を、胆嚢の中で形成された胆石が通り抜けてくる。

痛みは、まさしくこの時に生じるのだが、ではお産はどうだろう。

こちらは産道という狭い通路を通って、胎児が生まれ出てくる。

この産道は骨盤内の骨産道と、子宮下部、子宮頸管《けいかん》、膣《ちつ》などがある軟産道から成り、ここを胎児が陣痛が始まるとともに下りてきて、最後に膣口から出てくる。

この間、初産で平均十三〜十四時間、経産婦でも六〜七時間はかかる。

このうち、初めの第一期は前駆《ぜんく》陣痛期ともいわれ、まず子宮が収縮することによる痛みと、産道が押し広げられる痛みが同時におきてくる。

ここまでが陣痛準備期だが、続いて陣痛進行期に入って子宮口が開き、続くお産の第二期、いわゆる娩出期《べんしゆつき》には、何度もくり返される陣痛の発作とともに胎児は下降し、頭が膣口から見え隠れする。

このあと、ようやく胎児が外界と接して、新生児の産声《うぶごえ》が聞こえてくる。

これで一安心というわけだが、このあとも陣痛のような下腹部の痛みと張りがあり、ここでいきむと胎盤が出てくる。

しかし、これで終わったわけではない。このあとさらに後陣痛が続く。いやいや、これだけではない。

陣痛はお産の始まる前から、十分間に一～二回の割合で始まり、この状態が続くとともに、子宮口から血液がまじったおりものがあり、陣痛が始まったことが分かる。

さらにお産の前から、悪阻《つわり》に苦しんだり、産後には乳腺炎《にゅうせんえん》で苦しむ人も少なくない。

これらお産に関わるすべての痛みをあげるときりがないが、実際のお産そのものだけでも十時間前後を要する難事であり、その間、激しい痛みが途絶えることはほとんどない。

たしかに、胆道という狭いところを胆石が通り抜けるのと、メカニズムは同じだが、その長さと出てくるものの大きさは胆石の比ではない。これだけの痛みに、はたして男たちは耐えることができるだろうか。

いや、それだけではない。

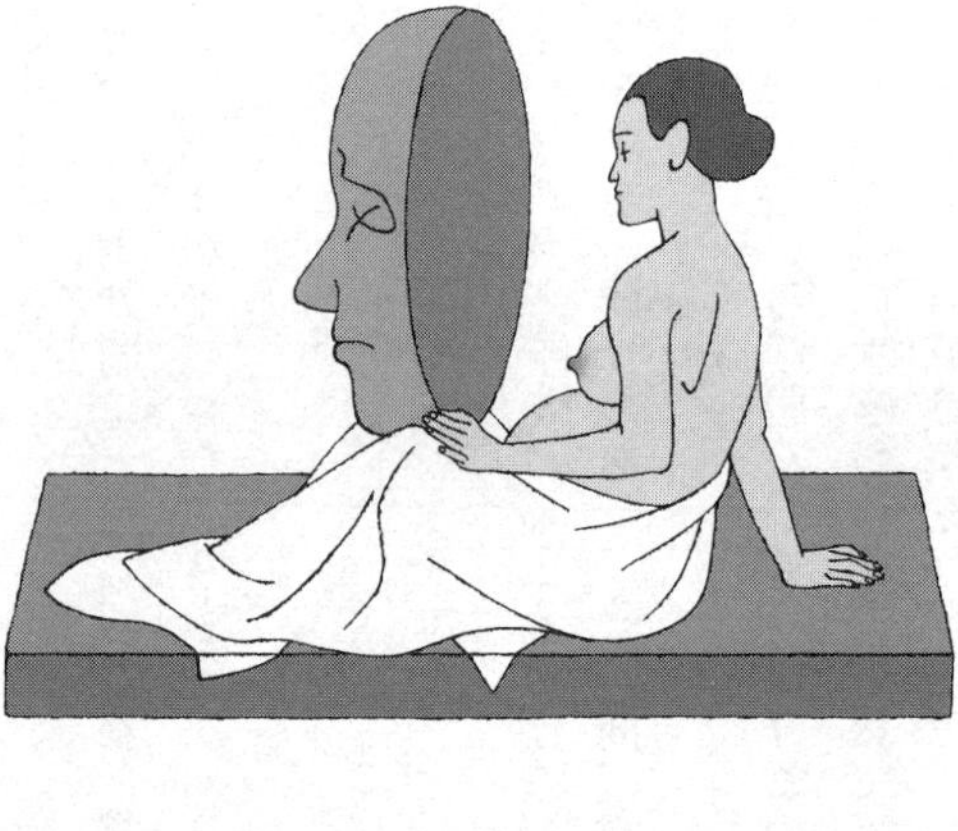

これだけの長い長い痛みに耐えて、ようやく子供を産み、もう心底、懲《こ》りたに違いない。

そう思う男に対して、一年も経たぬうちに、「もう一人、子供が欲しい」などと言いだす。

このしたたかさというか強さは、いったいなになのか。

失神した男

かつて外科医であったこともあって、さまざまな患者さんの手術の場面に立ち会ったことがあるが、そのなかで一つ、忘れ難いケースがある。

それは四十代の男性の下腿《かたい》骨折の手術中のときだったが、折れた箇所の固定は終わり、あとは周辺の軟部組織を縫い合わせて、傷口を閉じるだけだった。

だが、本人の希望で局所麻酔だけでやっていたこともあって、麻酔が切れかけてきたようである。

そこで、「もうじき終わるけど、麻酔を追加しましょうか」と言うと、「いいえ、大丈夫です」ときっぱり言うではないか。

その男性、四十半ばのかなり体格のいい男だったので、我慢強いのかもしれない。

そう思ってそのまま、手術を続けていくと、なにか突然、静かになり、反応がなくなる。「おや、どうしたのかな」と思って、患者さんの顔を覗《のぞ》き込むと、その男性、虚《うつ》ろな眼差《まなざ》しで軽く口を開けたまま、意識を失っているではないか。

そこで、患者さんの名前を呼ぶと、気がついたのかすぐ目を開き、「痛い」とつぶやくではないか。

そんなに痛かったのなら、素直に「麻酔をして下さい」と言えばいいのに、と思ったが、彼は彼なりに、男らしい強いところを見せたかったのか。

それにしても、手術が少し長引いたくらいで気を失うとは、男らしくもない。

いやいや、彼は男だからこそ、無理に我慢して気を失ったのかもしれないが。

種々の痛み

人間、生きていく過程で、さまざまな痛みに遭遇することは避けられない。

この痛みに直面する機会は、男と女でどちらが多いだろうか。

そこで改めて、さまざまなケースを考えてみると、圧倒的に女性の方が、痛みに接するというか、痛みに襲われるケースが多いようである。

その一例として、まず考えられるのが生理痛である。

これは女性である以上、避けて通れぬ痛みで、毎月一回、数日間、これで悩まされる人は多いようである。

この痛みはどれくらいのものなのか。

女性個人によってかなり違いはあるようだが、激しい人は家に籠り、なかには床について外出もできない人もいるようである。

このような痛みに毎月耐えるには、余程の我慢強さと、強靭な神経が必要で、いい意味での鈍感力を備えていなければ難しい。

さらに、痛みのなかには女性だけを襲う特殊なものもある。

たとえば膠原病《こうげんびょう》。

これは遺伝的素因により、母と娘などに生じることが多いが、病気が進行すると、手足の各関節に激痛が生じ、それとともに関節に変形が生じることも少なくない。

かつて、関節リュウマチといわれていた患者さんのなかには、女性の場合、この病気であった人はかなり多かったようである。

また日常よく表れる頭痛や腹痛、倦怠感《けんたいかん》などに襲われることも、女性の方が圧倒的に多いようである。

これに対して、男性が毎月、定期的に痛みに苦しみ悩まされる、などということはまずありえない。

だが女性はこれらの痛みに耐え、明るく元気に生きているということは、はっきり言って、女性の方が痛みに対して強い、ということになりそうだが。

忍耐力では

以上、さまざまな視点から、男女の痛みに対する強さを見てきたが、最後に今一つ忘れてならないのは、忍耐力である。

これは必ずしも、一般の痛みと共通するわけではないが、やはり重要な要素であることは言うまでもない。

そこで一つだけ、これだけはいかなる男性も女性にかなわない、と思うのが、妊娠から出産に至るまでの忍耐力である。

たとえば今、女性が妊娠すると、三〜四か月目くらいから、徐々にお腹が大きくなり、四〜五か月になると、外から見てもはっきり妊娠しているのがわかってくる。

実際、妊娠六か月で、胎児は六〇〇〜七〇〇グラムに達し、七か月に至ると、一〇〇〇グラムを超えてくる。もちろん、お腹のふくらみとともに、全身にむくみができ、手足がだるくなる。

もし、男がこれと同じ大きさのものをお腹に入れたまま仕事をしろ、と言われたら、ほとんどの男はできないだろう。

とても耐えられないと言いだして、男たちの大半は、六か月くらいで音をあげてしまうだろう。

もちろん、これは子供を産む性として宿命づけられていない、男の身勝手さからのことだけど。

いずれにせよ、男が七か月から八か月、さらに九か月を経て出産期まで、大きなお腹を抱えて耐えることはまず不可能に近い。

いや、たとえ出産期まで耐えたとしても、陣痛が始まった途端、「いててて……」と叫び出し、そのまま失神してしまうのでは大変。

これでは、直ちに帝王切開が必要になり、辛《かろ》うじて出産できたとしても、その後の育児という長く忍耐力のいる仕事に耐えていけるだろうか。

いやいや、とても耐えていけるとは思えない。

かくしてもし来年から、男が妊娠出産を受け持つ、などということになったら、人類は数十年もせずに絶滅するに違いない。

結論として

以上、男と女、どちらが痛みに強いかを見てきたが、ここまできたら、もはや結論が出たも同然である。

そう、女性の方が男性よりはるかに痛みに強く、くわえて忍耐力にも優れている。

男は一見大きく頼り甲斐がありそうに見えるので、痛みにも強そうに見えるが、実際はまったく異なり、女の方がはるかに強い。

これは子供の頃から明確で、男の子はちょっと転んだり、怪我《けが》しただけで泣き出すが、女の子はじっと耐えるケースが多い。

まさに見かけによらない、というわけだが、この傾向は大きくなるにつれて、ますます顕著になる。

だがわれわれは、痛みについても自分の立場からだけ考え、相手の立場に立って考えることはほとんどない。それだけに、時には、男も女も肉体の原点に立ち戻り、相手の性の強さと弱さを的確にかつ誠実に見詰め合い、理解し合うことを忘れないようにしたいものである。

其の四　出血についての違い

全血液量の三分の一が出血すると、
教科書どおり死ぬのは男のみ。
女性は助かることがある。
ここで改めて気づくことは、女性の体は、
かなりの出血にも耐えうるようにできている、
ということである。

男と女とどちらが強いか、を考えるに当たって、「出血について」などと書くと、そんなことに違いがあるの、と首を傾《かし》げる人が多いかもしれない。

たしかに日常の生活で、互いの出血量について考えることはほとんどないから、不思議に思うのは当然かもしれない。

しかし、生命に関わる大出血においては、男女において大きな違いがあるのである。

怪我をする男

一般にわれわれが見る出血のシーンは、怪我による場合がほとんどである。

たとえば、子供が転んで膝を擦りむき、そこから血が流れ出る。

この場合は、すぐその箇所を消毒してガーゼを当て、絆創膏《ばんそうこう》か包帯などで固定するのが望ましい。

実際、これでほとんどの出血はおさまり、その後、とくに問題がおきることはないが、このような怪我をするのは、ほとんどが男の子である。

さらによく見かけるのが、ボクシングなどによる出血である。

この場合は、リングの選手同士が激しく殴り合うため、まず鼻血が出ることが多く、次いで頬や額、さらに顎などから血が出て、顔面、血だらけの凄惨な状態になることも少なくない。

このボクシングをやるのは、ほとんど男性で、顔面血だらけのまま、さらに殴り合うので、多くの女性はハラハラして見ながら、このあとどうなるのだろうかと心配する。

しかしこのような場合、専門的にはあまり心配することはない。

というのは、本来、顔面は血管が多くて出血しやすいところである。とくに鼻は日常でも鼻血が出るように血管が豊富で、万一出ても、自然に止まることが多い。

このようなわけで、顔からの出血は見かけほど、危険なことはない。

しかし、怪我して手足から血を出したり、殴り合いで鼻血を出したりするのは、圧倒的に男性たちである。

このため、男性の方がはるかに出血に強く、我慢強いのだ、と思う人が多いかもしれない。

生理という出血

たしかに、女性が血を流すような怪我をすることは、ほとんどない。

だが、血になじんでいるという点では、女性の方がはるかに男性より上である。

その、もっとも一般的な例は毎月の生理、月経である。

いうまでもなく、成人女子は毎月一回決まって生理が訪れ、子宮から出血する。

これは、外傷のように、外からは見られないが、簡単な怪我などとは比較にならぬほど、大量の出血がくり返される。

むろん、多くの男性は、この実態を知らないから、女性は出血には弱いのだろう、と思い込んでしまう。

しかし、女性のなかには、生理の度《たび》に体調を崩し、寝込む人や会社を休む人も少なくない。

これらの事実から、女性は出血に弱いのだろう、と思い込む男性も少なくないが、もし生理と同じ現象が男に訪れたらどうだろう。

単なる出血とともに、かなりの痛みもともなうから耐えられず、女性以上に寝込む男たちは多いかもしれない。

いずれにせよ、女性は好むと好まざるとに拘《かか》わらず、毎月、膣からの出血に見舞われ、大変な苦労をしていることは言うまでもない。

そしてこれに耐えるべく、さまざまな努力をしていることを思えば、男と女、いずれが出血に強いか、にわかに即断できなくなっている。

腹腔《ふくくう》内に大出血

ここで、わたしが医師になって二年後に、ある地方病院に出張して、体験したことを、記すことにする。

その頃、わたしは大学の医局にいたが、三か月の予定で、阿寒に近い雄別《ゆうべつ》炭鉱病院というところに出張を命じられた。

此処《ここ》は炭鉱だけに落盤事故をはじめ、一般外傷が多かったが、ある休日の午後、三十半ばの女性が急患として運び込まれてきた。

その患者さんは中肉中背であったが、顔面蒼白《そうはく》で意識はなく、血圧も極端に低いことから、一目見ただけで、腹部に大量の出血が生じていることがわかった。

当然、婦人科の急患であったが、生憎《あいにく》、産婦人科医は東京の学会に出ていて不在である。

こういう場合、当然、近くの市立釧路総合病院に送るが、そこまでは車でも一時間はかかり、移送中に失命することは目に見えている。困惑したわたしは、「どうする？」と外科の婦長にきくと、「すぐ手術をしましょう」と言うではないか。

しかしわたしの専門は外科で、産婦人科はやったことがない。そこで、「俺には無理だ」と言うと、「じゃあ、わたしの言うとおり、やってください」とのこと。

こうなっては、婦長の言うとおりやるよりないかもしれない。意を決したわたしは思い切ってメスを持ち、お腹を開くと、思った通り皮膚の下は血の海。そこへ膿盆《のうぼん》を押し込み、懸命に血をかき出すが、容易なことでは血は減らず、それを数回くり返したところで、ようやく子宮の一部が見えてくる。

婦長は素早く、そこへ手を挿入し、「ここです」と出血巣を示してくれる。言われるままに、わたしはそこをがんじがらめに縫合し、ようやく血が止まったところで、もはやどこからも出血していないことをたしかめてから、傷口を閉じた。

この間、もちろん腕からの輸血と点滴は続けていたが、患者は顔面蒼白のまま意識はなく、血圧も測れない状態。

たしかに開腹してからの出血量も考えると、かなりの量が出ている。

こんな状態から回復するものなのか。自信はなかったが、ともかくお腹を閉じる。

こうして応急処置は終わったが、わたしは馴《な》れぬ手術に疲労困憊《こんぱい》。あとは看護師さんに見ていてもらうように頼み、医局で少し休もうと思って手術室を出た。すると、女性の夫と覚しき男性が、わたしに問いかけてくるではないか。

「どうでしたか」

そうきかれても、彼の望む返事はできそうもない。

「ともかく、一生懸命やったのですが、出血が多すぎて……」

諦めて欲しいとは、言わなかったが、そのことを言外に含めて目を伏せると、彼はそのまま声を失い項垂《うなだ》れる。

とにかく、わたしは少しの時間でいいから休みたい。そのまま真《ま》っ直《す》ぐ医局へ行き、ソファに横になり二、三十分経ったとき、手術室から電話がくる。

「先生、ちょっと来て下さい」

やはり亡くなったのか、わたしは重い腰を上げて、再び手術室へ向かった。

諦めかけた女性

手術室には先程と同様、女性の患者さんが手術台に仰向《あおむ》けに横たわっている。

そこへ近付き、患者さんの顔を見た瞬間、わたしは「おや」と思った。

もう絶命したかと思っていた女性の顔が、かすかに赤らみ、しかも低く呻《うめ》いているではないか。

思ってもいない状態に驚き、慌てて胸に聴診器を当ててみると、かすかに心音が聞こえ、脈も弱いながら反応がある。

「もしかして、助かるかもしれない」

思わず、わたしの気持ちは浮き立ち、さらに輸血と点滴を続けて、患者を見守ることにする。

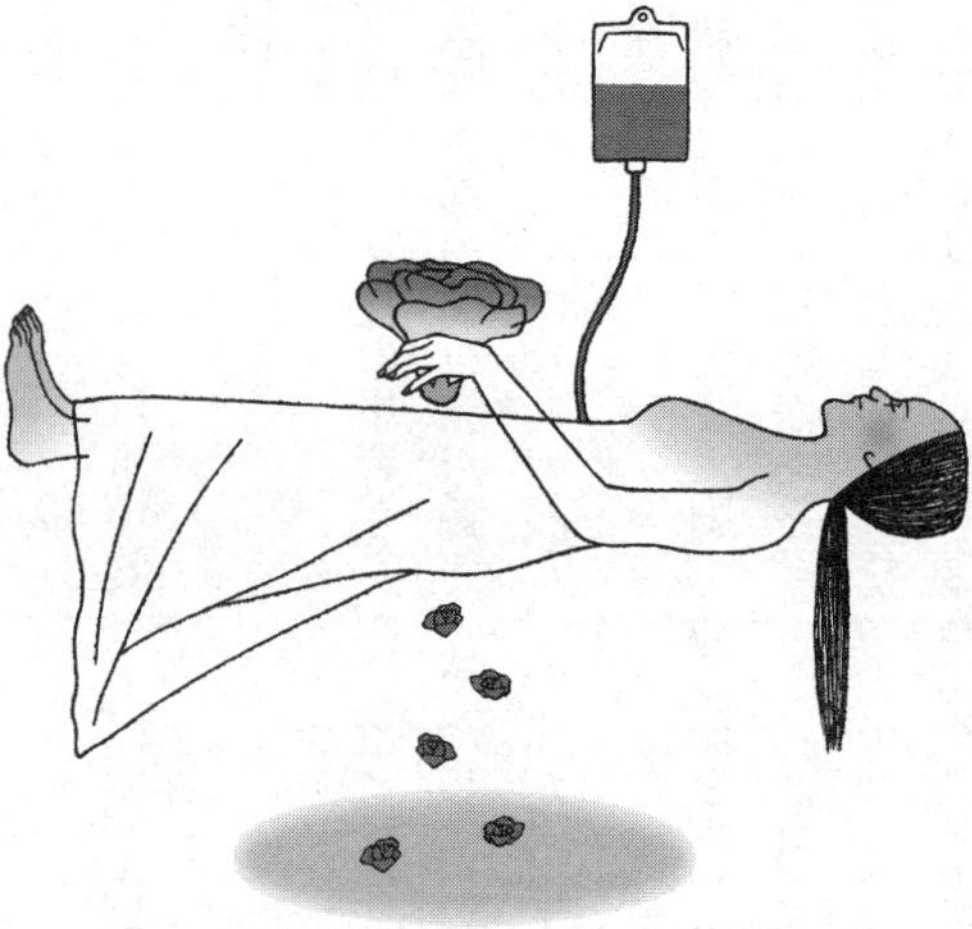

すると、彼女の唇はさらに赤味を増し、脈は一段と明瞭になってくるではないか。

「よし、これなら助かるかもしれない」

彼女を励ますように、「頑張ってくれ」と囁《ささや》き、しばらく様子を見てから手術室を出ると、その先に彼女の夫が立っていて、わたしにきいてくる。

「先生、どうしたのですか」

彼は、自分の妻はとうに死んでいる、と思っていたようである。

「いや、助かるかもしれません」

「何ですって……」

彼は信じられぬように、わたしに詰め寄ってくる。

「先生、さっき駄目だと言われたから、もう親戚たちに連絡したんですよ」

たしかに、先程は駄目だと思ったが、今はまったく容態が変わってしまった。

「申し訳ない……」

助かるのに、謝るのは納得できないと思いながら、わたしは安堵の思いで満ちていた。

全血液量の三分の一

それにしても、こんなことが現実に起きるのであろうか。

わたしは改めて、学生時代に教わった医学の原理を思い出してみる。

そこには明快に、以下のように記されている。「人間の全血液量は体重の十三分の一で、その三分の一を失うと、人間は失血死する」

事実、わたしがこれまで見てきた外傷などで死亡した例は、ことごとく三分の一前後を失うと助かることはなかった。

だが今、手術室で横たわっている女性は、全血液量の三分の一どころか、二分の一近くは出ているはずである。

実際、だからこそ、彼女の夫に、「諦めて欲しい」と言ったのである。

それが助かるとは、どういうわけなのか。

わたしは医学そのものというより、人間自体がわからなくなってきた。

それはともかく、患者は確実に回復し、さらに一時間後には意識も回復し、「痛いよう」と声に出して訴えるようになる。

「よし、もう大丈夫だからね」

わたしは点滴に痛み止めをくわえ、さらに脈をたしかめる。

あとはこのまま、明日、産婦人科の医師が戻ってくるのを待つだけである。その時まで、なんとか全身状態を保っていけば、彼女は完全に甦《よみがえ》るはずである。わたしはさらに全身状態を見ながら、ひたすら産婦人科医が戻ってくるのを待った。

教科書どおりではない

翌日、産婦人科医が病院に現れるとともに、わたしは問題の患者を見せ、これまでの経緯を細かく説明した。

産婦人科医はわたしの七期上で、すでにかなりのベテラン医師であったから、素早くこれまでの経緯を理解したようである。

「よく頑張ってくれた」

礼を言われて嬉《うれ》しかったので、わたしはさらにきいてみた。

「でも、とても助かるとは思わなかったのです」

患者の出血量を正確に測ったわけではないが、手術の経緯から見て、全身の血液の三分の一どころか、二分の一近くは出ていたはずである。

「もう、完全に駄目だと思ったのですが」

すると、産婦人科医はかすかに首を横に振る。

「たしかに教科書には、全血液量の三分の一が出ると、人体は死亡する、とはっきり書かれている。でもな、それは男だけだよ」

「えっ……」

咄嗟《とっさ》に理解できずにいると、彼がさらに説明してくれる。

「女は違う。女は三分の一以上出ても助かることがある」

そんなことがあっていいのか、なお納得できずにいると、彼がさらに続けて説明してくれる。

「とにかく、女性は出血に強い。いくらと、はっきりいえないが、かなり出ても助かることがある。だから女性はいくら出血しても、諦めては駄目だ」

わたしは改めて驚き、呆《あき》れた。

彼の言うとおりだとすると、男はきちんと教科書どおり、全血液量の三分の一も出たら死亡する。

しかし女性はそうとは限らない。ときに三分の一以上出ても助かることもあると。

これでは、男は教科書の範疇内《はんちゅうない》にあるのに、女はそこから外れていることになる。

なぜ、こんなことが当然のようにおこり得るのか。

そこで思いついたのが、女性が子供を産む性である、ということである。

女性は妊娠して出産する性である。それだけに男性よりはるかに強く、かなりの出血にも耐えうるようにつくられている。

これは個々の女性が望んだというより、創造主が女性のみに与えられた、天与の才能なのかもしれない。

それにしても、男たちはみな教科書どおり、全血液の三分の一が出ると死ぬとは。男はなんと律義で、脆《もろ》い生きものなのか。

以上のことを知って以来、わたしは一時、男性の顔を見ると、「おっ、三分の一の出血で死ぬ男」と親しみを覚えるようになった。

そして女性を見ると、「三分の一出ても、教科書どおり死なない、得体の知れない女」と思うようになったけど。

外見とは別

ここまで読んでもらえれば、もはや「男と女、どちらが出血に強いか」など と、論じることはないだろう。

答えは、「女性」であることは明白である。

そしてそのおかげで、われわれ男性たちは元気に生まれ、育てられたことは言うまでもない。

ここで改めて気がつくことは、外見にとらわれてはいけない、ということである。

たとえ小柄でか細く見えたからといって、女性は弱いわけではない。

実際、雄別で出会った女性は、その後、完全に元気になり、さらに子供を一人産み、今もオホーツク海に面した紋別に住んでいる。そして今年も、「ぜひ、遊びに来て下さい」と子供と一緒の笑顔の年賀状を送ってくれた。

其の五　表現する力

男と女の、とくに愛に関わる問題で、
肝腎のことをはっきり明快に言い切れるのは、
女の方である。
それに対して、男はどこか曖昧で毅然《きぜん》としていない。
男のこの曖昧な気弱さが、
男女のすべての関係に影響を与え、
支配しているのである。

NO

「男と女、どちらがはっきり、自分の意志を相手に表すだろうか」

こうきかれたとき、ほとんどの人は、「それは男でしょう」と答えるかもしれない。

むろん、「女でしょう」と答える人もいるかもしれないが、かなり少なそうである。

しかし、これは時と場合、さらに男女の年齢などによっても微妙に違ってきて、絶対的に男、女と、言い切れないことも多いかもしれない。

そこで、ここからはいろいろなケース・バイ・ケースで考えてみたいと思うのだが。

会社など、公的な場で

先の質問に、「男でしょう」と答えた人は、会社のような公的な場所を想定して答えたのかもしれない。

たしかに会社などでは、男性の方が重要な地位にいることが多く、それだけ発言も多くの人々に注目され、曖昧な言い方では許されないことが多い。

これに対して、女性は男性のように上の地位にいることは比較的少なく、それだけ注目されることも少なくなる。

こう考えてくると、会社などでの発言は、男と女の差というより、会社における地位の差ということになり、会社での女性の地位が上がれば、女性のはっきりした発言が増えてくることは言うまでもない。

事実、最近は各企業でも女性の管理職が増えてきて、それだけ女性の発言が多くなりつつあるようである。

こう見てくると、会社などの公的な場で、男と女、どちらがはっきりものを言うか、と問うことは、あまり適切ではない、ということになりそうである。

プライベートでは

では以上のような公的な場でなく、私的な場合、とくに友達同士などではどうだろうか。

まず男同士の場合、これは結構はっきりものを言い合う時がありそうである。たとえば、「おまえ、それは、間違っているぞ」とか「それには反対だ」などと、はっきり言うことは、さほど珍しいことではない。

これに対して、「いや、そんなことはない」「間違っているのは、おまえだよ」と、反論する場合もよく見かける。

もっとも、こうしたやりとりは、親しい者同士の場合が多く、あまり親しくない相手にそこまで言うことは少ないかもしれない。

言いかえると、そこまできっぱり言い合えるのが親しさの証《あか》し、とも言えるから、はっきり言い合えるのが、必ずしも悪いとは言い切れないだろう。

では女性同士の場合はどうだろうか。

これも察するところ、男性とほぼ同様で、親しいもの同士では、かなり突っ込んだところまで言い合い、時には喧嘩《けんか》ごしになることもあるかもしれない。それでも親友同士であれば、やがて理解し合って、言い合ったあとでかえって仲良くなる、ということもあるだろう。

このあたりは、あまり男女差がない、ということになりそうだが、どうだろうか。

田中眞紀子さんの発言

ところでここからは、男も女もいる男女入り混じった場合について考えてみることにするが。

こういう状況では、総じて男性より女性の方が、発言は控え目のようである。抑え気味というか、きっぱりと言うことは、あまりなさそうである。

これに対して、男性は割合はっきりというか、明確に言うことが多いかもしれない。

しかし、これも時と場合によって異なり、かつて田中眞紀子さんが外務大臣だった時には、その発言というか答弁は、きわめてストレートで明快であった。それが正しいか否かはともかく、イエス・ノーがはっきりしていて、誰にもわかり易かった。

これに比べて、当時、官房長官（のちに総理大臣）だった福田氏の発言は、「え……、あ……、うう……」と言うだけではっきりせず、さっぱり要領を得なかった。

あの二人を比べると、あきらかに女性の発言の方が明快で、男の方が曖昧、ということになりそうだが、これは二人のキャラクターも影響しているかもしれない。

いずれにせよ、一般的な場での発言は、どちらかというと女性の方が明快なのに対して、男性の方が、どこか曖昧に濁すというか、誤魔化すケースが多いようである。

この背景には、男は仕事や自分の立場なども含めていろいろ思惑があり、それを考慮しながら話すことが多いだけ曖昧になると考えられるが、どうだろうか。

愛し合う時期によって

さて、ここから先はさらに一歩すすめて男と女のなかでも、好意を抱き合い、愛し合っている、いわゆる恋愛中、こういう間柄ではどうだろうか。

この場合、一つ重要なのは、好意を抱き合った初めの頃か、それとも大分経ったあとの頃か。言いかえると、愛の始まりか、中途か、終わりか、その時期によって、内容も大きく変わると考えていいだろう。

たとえば愛が芽生えた頃は、男も女もあまり露骨に、自分の感情を表すことはないだろう。

というより、荒々しい、はっきりした表現は極力避け、優しく曖昧に表現することが多くなる。

むろん、「好き」ということは、あらゆる機会をつかって表現はするが、そ

NO

れ以外のマイナス要素について、明確に言うことはまずありえない。

しかし、この状態が一旦冷えて、愛が失せかけたとき、互いの発言は信じられないほど、冷たく、厳しくなる。

この違いは、まさしく天と地ほどの違いといっても過言ではないだろう。事実、わたしはそれをまともに体験したことがあるので、以下、その逐一をここに記すことにするが。

あなたなんて「キ・ラ・イ」

その頃、わたしとK子とは愛し合って三年目であったが、その少し前、わたしが他の女性に関心を抱き、それがK子に知れて、いささか険悪な関係になっていた。

そんな状態のある日、K子がわたしの前につかつかと歩み寄って、いきなり言うではないか。

「わたしは、あなたが嫌い」

真っ直ぐ、わたしを見詰めたまま、まさしく罵倒するように言い放った。

かつての優しかった彼女からは想像もつかぬほどの、冷やかな表情にわたしは呆然《ぼうぜん》としたが、彼女はさらに口を開いてきっぱり、言い放った。

「キ・ラ・イ」

正直、わたしは愕然《がくぜん》とした。

もちろん彼女が怒っていることはわかっていた。いつか、たっぷり嫌味を言われるだろうと思ってはいた。

わたしがちょろちょろ、他の女性に気を向けたことが悪かったことは、誰よりもよくわたし自身がわかっていた。

しかし、なにもここまで言うことはないではないか。

わたしの目の前で「嫌い」ときっぱりと言い切り、憎々しげに睨《にら》みつけたうえに、さらに一語ずつ区切って、「キ」「ラ」「イ」とは。

むろんわたしは呆然として、一言も言い返すことができなかったが、彼女はそのまま、ハイヒールの踵《かかと》を鳴らして去って行った。

その後ろ姿を見て、わたしは改めて驚き、呆れ、感動した。
去って行く女だが、なんと格好よくてお洒落《しやれ》で、堂々としていることか。
これこそ、まさに女。
男は、そして自分はとてもあそこまできっぱりとは言えない、としみじみ思ったが。

それでいいわよ

これから三年少し経って、わたしはある女性と別れたくなった。
彼女のどこが悪いと、はっきり言えるわけではなかったが、正直いって飽きてきた。
そんな状態で日が経つうちに、どこかできっぱり、彼女に言うべきだと考えた。
だが、なかなか言いだせない。
そこで思い出したのが、かつてK子にきっぱり、「キライ」と言われたことである。

あのように、はっきり言ったほうが、あとくされがなくていいのかもしれない。

そうは思ったが、とても彼女のように堂々とは言い切れない。

悩みながら、わたしは次のような理由を考えてみた。

まず、彼女を嫌いになった理由を言わず、俺自身がいい加減な、どうにもならない奴《やつ》なのだ、ということを前面に押し出して言ってみようか。

そこで、ある日、思い切って次のように言ってみた。

「君も知っているとおり、俺はいい加減でずぼらで、身勝手な男でね。このまじゃ、君に従《つ》いていけないと思うんだ」

これ、はっきり、「君が嫌いだ」という意味で言ったのだが、彼女の返事は思いがけないものだった。

「いいわよ、それで」

「えっ」と驚いているわたしに、彼女はさらにあっさり言うではないか。

「それでいいから、一緒にやりましょうよ」

「違う、違う」と、わたしは心の中で叫んだ。

そんな意味じゃない。そうではなくて、君と別れたくて言ったんだ、間違わないでくれ。

だが、けろりとしている彼女に、そこまで言う勇気もない。

そのまま、彼女はわたしにしなだれかかってくるではないか。

これでは、邪慳《じやけん》に振り払うどころか、逃げ出すわけにもいかない。

かくして、彼女との間はそのままだらだら続いて、はっきり別れたのは、それから二年後であった。

毅然としない男

以上、恥をしのんで書いたが、これまでの経過を見たら、男と女いずれがはっきりものを言えるか、この問題の答えは明快だろう。

そう、答えは「女」。

男と女の、とくに愛に関わる問題で、はっきり明快に言い切れるのは、女の方である。

「あなたが好き」「嫌い」そのいずれにおいても、女はきっぱりと、堂々と言い切ることができる。

それに対して、男は常に奥歯にものが挟まったように、どこか曖昧で毅然としていない。

愛の、もっとも肝腎なところで、なお迷い揺れているところがある。

そしてここから先は、わたしの推測だが、男と女の基本的な違いは、愛における腰の据わり方にある。

表面はいざ知らず、愛という基本のもっとも肝腎なところで、男は腰が定まらず、きっぱりと言い切れない。

この曖昧な気弱さが、男と女のすべての関係に影響を与え、支配しているのである。

少なくともわたしはそう信じ、それもやむをえないか、と思っているのだが。

其の六　知的好奇心

女性にとって重要なのは、
「好きか嫌いか」ということである。
その強さと順位によって、
女性が尽くす対象は定まっていくが、
これに対して男性は、執着の順位に絶対的な差異はない。
この集中度の違いは、
それぞれにとっての重要度の差であり、
男女の愛もトラブルも、この違いによって生じるのである。

今回のタイトルは、人によって多少、とらえ方が異なるかもしれないが、ここで言う知的好奇心とは、知識、または知性的なものに対する関心の強さ、というように理解してもらいたいと思う。

このような点について、男と女で違いがあるのだろうか。いや、ともに人間である以上、違いはないのではないか、と思っている人も多いかもしれない。しかし、現実に男女の生き方や好奇心の抱き方、そして行動などを見ていると、明らかに違いがある、と言ってよさそうである。

以下、その具体的な例を見ながら、各々について考えてみることにする。

大学以降の違い

一般的に学校教育の基本は、知識を広め、理解させることだが、こうした点において、小・中学校で男女のあいだに、とくに違いがあるとは思えない。

もちろん、個々の公的、または私的な事情によって、知識や学力に違いが生じることはありえるが、全体として、男女間に大きな差異が生じることはないようである。

実際、だからこそ、高校までは私立校以外では、男女共学ですすめられているところが多い。

しかしこれをこえて大学にすすむと、男女のあいだでかなりの差異が生じてくるようである。

一般にここからは、男女それぞれの好みで学部を選ぶことになるが、ここで女性が選ぶ学部は、文学、そして美術や音楽など、圧倒的に芸術的なジャンルが多いのに対して、男性は経済から法律、さらに数学や理化学など、理数系まで、かなり幅が広いことがわかる。

それだけ男性の好奇心が広く、多方面に向けられているとも言えるが、それにしても男女の好むものには、大きな違いがあるようである。

女性の好む学部

まず、日本の大学における各学部の学生の比率だが、学部生の総数は二五六万九七一六人に対して、女子学生は一〇九万四三六〇名（平成二十三年度）で、四割を超えている。

これを関係学部別に見ると、もっとも女性の比率が高いのは家政学部を除くと、芸術系で、総数七万二〇四二名中、女子は五万一四二一名で七一・三パーセントと七割以上を占め、次いで人文科学の三八万五一七九名中、二五万四九六六名で、六六・一パーセントとなっている。

さらに目立つところを見ると、教育学部が五九・〇パーセント。薬学部が五六・三パーセントとなっている。

これらに対して、とくに女子学生の比率が低いのが工学部で、三九万五一四七名に対し四万四五八四名で、一一・二パーセントと約一割にすぎない。次に理学部で八万九六八名に対し、二万九八二名で、二五・九パーセントとなっている。

ちなみに、ここで東京大学だけについてみると、学部生総数一万四二六〇名中、女子学生は二六八一名で、一八・八パーセントとなっている。

また、後期課程（大学三・四年時に相当）の学部別に見ると、女子が多い学部は、教育学部の三七・九パーセント。さらに文学部の二七・八パーセント、次いで薬学部の二七・六パーセントとなっている。

逆に女子学生が少ない学部は工学部の九・六パーセント、次いで理工学部の一一・〇パーセントとなっている。

一般に、大学生の学部選択に関しては、ほとんど本人の意向であり、親や他人の意志が働くことはきわめて少ないと考えられる。

それだけに、各学部の選択は、女子学生の好む教科がストレートに出ている、とみていいだろう。

そこで、改めて女子学生に人気のある学部を挙げると、まず、芸術（音楽・美術）学部、続いて文学部、教育学部となるようである。

これに対して、男子学生は個々の好みより、将来の就職や仕事のことまで考

慮して選ぶことが多いようである。

プロの棋士では

ここで視点を変えて、体力などとは無関係に、知的な面だけで男女ともに競い合っている世界について見ることにする。

まず囲碁の世界だが、ここでは男女とも、試験に受かった者がプロの棋士として認められることになっているが、現在日本棋院では、男性棋士は二六二名いるのに対して、女流棋士は六二名となっている。

もっとも、このうち七段以上、八段、九段などの高段者は、男性では一六〇名以上もいるのに、女流ではわずか三名にすぎない。

さらに、名人、本因坊、碁聖など、タイトル保持者はすべて男性だけとなっている。

一方、将棋の世界では、現在では四段以上になるとプロ棋士として認められるが、これまで女性でプロになった棋士はいない。したがって現在は、女流二段、女流三段というように、頭に「女流」という言葉をつけることになっている。

言うまでもなく、勝負の世界に妥協や温情などが入る余地はなく、実力そのものがストレートに表れると考えていいだろう。してみると、四、五段まではともかく、それ以上の高段位に女性がつくことはきわめて難しいようである。

これはなぜなのか。

ここからは、努力の違いか、基礎能力の違いか、それとも、向き不向きの問題か。以下、この点について、さらに一歩すすめて考えてみることにする。

好きか嫌いか

女性が一つの事に熱中する、その背景には「好き」ということが欠かせないようである。

各種学科にせよ、囲碁や将棋にしても、それを一生懸命やるのは、まず好きだからである。

こう書くと、「そんなことは、当たり前だろう」と、うなずく男性たちは多いかもしれない。

たしかに、スポーツでも勉強でも、すべて一つの事に熱中するのは、好きだからである。

しかし、男はすべてそうとはかぎらない。男は多少、嫌いでも、かなり飽きていても、一つの事に熱中することはある。

たとえば勉強だが、いささかうんざりして、教科書を見るだけでむかつく、と言いながら勉強することはある。

好き嫌いは別として、やらなければいけない、と厳しくいわれると、仕方なくそちらに目を向ける。

だが、女性の場合はそうはいかない。勉強は嫌い、教科書を見るのも嫌、となったら、もはや教科書を開くことはほとんどなくなる。

この一つの事にこだわる、全うする一途《いちず》さにおいて、女は男よりはるかに強く妥協性がない。

このように、女性は男性のように、嫌いだけど仕方なく、といった曖昧さはほとんどない。

男たるもの、女性の生来もっている、この集中主義はよくわきまえておくべきである。

これに対して、男性はかなり嫌いで、やる気が生まれない仕事でも、命じられたら、それなりにやり終える。

しかし現実には、責任ある地位に就く女性が増えつつあり、このあたりの差異は徐々に狭まりつつあると考えていいだろう。

集中させるには

では、女性をとことん一つの事に集中させるためには、どうするべきか。ここまできたら、もはや答えは明確である。

まず、その仕事に熱中し、我を忘れるほど、好きにさせることである。

しかしそれは難しい、と嘆く男たちは多いかもしれない。

たしかにかつては、会社の打ち合わせや経理や経営などに興味を抱く女性は少なかった。それより女性の多くは、愛する男性のことや育児などに関心が強いのだと思われていた。

しかし、こういう傾向も今や大きく変わりつつあるようである。

ここで今一度、囲碁の世界に戻ると、女流棋士の多くは二十代半ばになり、恋人ができたり、結婚して出産などしたら、その時点で成長が鈍くなる、と言われている。

若い時は、いや幼い時は男性棋士と対等に、時にはそれ以上に実力をつけ、台頭していたのに、適齢期になり、子供などができると、たちまち成長が鈍くなるとは。

理由は簡単、それまでは愛するものが囲碁しかなかったのに対して、ある時点から囲碁以外の、愛《いと》おしく、好ましい対象が生じたからである。

このように、囲碁がすべてのなかのベストでなくなった時点で、女性の気持ちが離れ、成長が鈍くなると考えて間違いないだろう。

共通の場はどこに

ここまで見てきて、一つはっきりわかったことは、女性にとって重要なことは、「好きか嫌いか」ということである。

この強さと順位によって、女性が懸命に尽くす対象は定まっていく。

これに対して、男は幸か不幸か、それほど執着順位が定まることはない。

むろん、ある女性と恋をしている時は、その女性を大切に思うが、同時に大きな仕事にたずさわっている時はそちらも、そして競馬狂は、次のレースにどの馬券を買うか、それも同様に大きな関心事となる。

これらは、女性が執着する順位のように、絶対的な差異はなく、時には彼女とのデートの時間より、競馬場に着く時間の方が、より重要なものとなる。

こうした男と女の集中度の違いが、まさしく男と女にとっての重要度の差であり、これによって生き方も変わってくる。

そして忘れてならないことは、男女の愛もそれに関わるトラブルも、この両者の集中度の違いによって生じる、ということである。

ここまで見てきたら、もはや本章のテーマ「男と女、知的好奇心はどちらが強いか」の結論は出たも同然である。

そう、答えは、その知的対象に、女性が愛着をもった時は異常に強くなり、そうでない時はたちまち弱くなる。

たとえば、育児に熱中している時の女性の、子供に対する思いは圧倒的に強いし、同様に深く好意を抱いている男性への執着心も異様に強い。

しかし一旦、それらに愛着を失った時には、見るも無残に捨て去れる。

そして注意をしなければならないことは、女性には、ほどほどという妥協点がないことである。

すべてか無しか、このいずれかしか採らない女性と、さまざまなことにほどほどに対応する男と、両者の知的好奇心を比較すること自体が無理、というのが結論である。

其の七　交遊力

老いて一人でいることが、もっとも体に悪いことは、
多くの医者たちが言っていることでもある。
だが男たちは、老いてなお
生まれついての孤高な癖を直せない。
かくして男の平均寿命は女性より七歳短く、七十九歳にすぎない。
男たちは女性に学び、
生き方を根底から変えてみる必要がある。

「交遊力」という言葉があるかどうか、現実にはあまりつかわれていないようだが、群《むら》がる力、とでも解釈してもらえると、わかり易いかもしれない。

この群がる力は男と女、どちらが強いだろうか。

こう尋ねられた瞬間、ほとんどの人は、「それは女さ」と答えるだろう。

たしかに女性は絶えず群がっている。

この、群がっている、という言葉が少し強すぎるとすると、絶えず寄り集まっている、と言ってもいいかもしれない。

小さい子供のときから、女の子はよく何人か集まって、遊んでいる。

その内容の細かいことまではわからないが、お人形からいろいろな家庭用品まで持ち出して、遊ぶこともよくあるようである。

これに対して、男の子も小さいときから、何人か集まって遊ぶことは多い。

「おうい、早く集まれ」とか「みんな早く来いよ」などと、仲間を集めている台詞《せりふ》はよくきく。

しかしここで、男の子と女の子とで大きく違うところは、女の子はとくに命令したり指示したりすることなく、ごく自然に集まることである。

この頃、また女の子に多いのは、「ごっこ遊び」で、今日は果物屋さんに、次の日はお花屋さんになったりする。さらにはおままごと、いわゆる家族ごっこで、妻や夫になりきって、互いに愚痴をこぼし合ったりするが、その内容は大人がきいても鋭く的確である。

これに対して、男の子は、サッカーをするとか野球をする、というように、ある目的を果たすために集まることが多いようである。

この差異は年齢とともに顕著になり、小学校の高学年になると、男の子と女の子の群がり方には明らかな違いが生じてくる。

すなわち、女の子は集まっても雑談だけで終わることもあるが、男の子はある目的のために集まることが多く、目的もなしにただ集まって時間をついやすことは、ほとんどなくなってくる。

こうして、中学生ともなると、グループと一緒にいない子も多く、いわゆる群れない男の子はますます増えてくる。

男女の違い

ところで、年齢とともに男の子は女の子に比べて、群がる機会が少なくなってくるのは何故なのか。

この理由は、男女、両方が集まって語り合っている話題を追ってみると、自ずとわかってくる。

まず男の子たちは、幼いときは互いの家庭や家族の問題、そして自然への驚き、さらには身近な人間や動物たちへの興味や好奇心など、共通の話題を拾い集めて話し合うことが多い。

その内容は子供のときから結構専門的で、犬や猫からバッタや種々の虫などについても、独自に調べあげた内容を話し合うようになる。

同様なことは、女の子同士でも見られるが、その内容は男の子のそれに比べ

S J
M W

て、はるかに一般的で、好き嫌いの感情に関わることが多いようである。

実際、女の子たちの話題は、誰々さんが好き、嫌いといった、個人的な好悪の感情から、その理由に触れることが多いようである。

それは身近にいる両親などから家族、さらに近所の人々から同級生の男の子たちにまでおよぶ。

当然、誰々さんは美しい、素敵、という話題から、日常のさまざまな行為や言動にまで広範囲におよぶ。

加えて、ほとんどの女の子が熱心に話し合い、盛り上がるのは、まず各々の容姿の問題で、自分がどういう髪型やファッションを身につけると、どのように変わって、どのように見えるのかが、最大の関心事となる。

これにさらに、男の子のことが加わると、話は一段と盛り上がり、容易におさまらない。

一方、男たちは、女性やガールフレンドについて、友達と積極的に話し合うことはほとんどない。

多くの男は、たとえ女友達や彼女がいても、自分から話し出すことはなく、心に留《とど》めておくだけである。

さらに男の子はそれぞれの生き方や考え方について、いろいろ論じはしても、それ以上、女性の「彼」に対する好奇心のように、盛り上がることはまずありえない。

かわりに、小学校の高学年あたりから、男の子は独自の興味、関心事にとらわれ、それらの点について、友人とじっくり話す機会も次第に少なくなる。

たとえ、同じ問題に興味をもっていたとしても、互いの意見が合うとはかぎらないし、なまじ話し合って、かえって別れ別れになることもある。

よく中学から高校にかけて、学校の図書室や自室で考え込んでいる男の子を見かけるが、これらは思春期というより一人で好きなことに思いをはせている、思考期の男の子たちの姿である。

社会人となって

大学を終えて社会人になって、男と女の群がり方はどのように変わるのだろうか。

ともに結婚適齢期でもあるために、おおいに期待したいところだが、残念ながらこの年齢になっても、男は孤立しがちで、女の方が群れ易い。

実際、男たちはこの時期に入ると、今迄、仲の良かった男友達とも離れ離れになり、個々の仕事関係を中心に群がることになる。

極端に言うと、かつての学生時代の男同士の繋《つな》がりより、仕事が大事、ということになり、仕事中心の生活に変わっていく。

これに対して、女性たちはどうか。

当面の仕事とともに、各々の彼氏や身近な男性、さらにはタレントのことにまで、話は広がり、盛り上がる。

さらに、一段と熱く論じられるのは、ファッションについてである。

今、どういうファッションが流行しているのか。それらの特徴から売っている店、さらに着こなし方、そして似合うかどうかまで、話題が広がる。

さらにダイエット、メイク、育児から、はては舅《しゅうと》姑《しゅうとめ》問題などにまでおよび、女性たちの話題が途絶えることはない。

幸か不幸か、男性同士がファッションで、これだけ盛り上がることはない。誰かが斬新なスーツを着て来たとしても、「おっ、変わってるな」というだけで、それ以上の興味や関心を示さない。

これに対して、男たちが盛り上がるのは、会社の営業成績や景気の動向、そしてそれによって生じる人事異動などである。

今度の辞令で、「誰々が課長になった」とか、「誰々が転勤になった」などときくと、大騒ぎになる。

まさしく男にとって、会社での地位や役職は、その男の現在から今後を定める最大の関心事である。

当然のことながら、この種のことは当事者の男以外には、さほど重大な問題

とはいいかねる。さらにそのことについて、他の社員たちが細かく論評したり、善《よ》し悪《あ》しを論じることも避けがちである。

かくして、問題になった当事者も、それをきいた同僚も、極力「我、関せず」の立場をとろうとする。

こうして男性の周りは一見、淡々として、我、関せず、といったもの静かな状態が続くことになる。

女性に学ぶ

以上、幼い時から成人に至るまで、男と女の群がり方、好奇心の抱き方などの違いを見てきたが、これがさらに顕著に表れるのが老後である。

六十歳から七十歳、さらに八十代に入るとともに、男性の生き方と女性の生き方はまったく違ってくる。

それは高齢者の施設に行くと即座にわかるが、まず目につくのが食事のときの座り方。

男性は男性同士で、女性は女性同士で座ることが多いが、女性四人で食事をしているところのテーブルは常に明るく、陽気な話し声や笑いであふれている。はたから見ていて、よくそんなに話し合うことがある、と感心するほど話題は尽きず、楽しそうである。

これに対して、男性の高齢者四人のテーブルは、いずれも黙々と食事をして、話し合ったり、笑い合うことはほとんどない。

もしかして、おしゃべりしたり、笑い合うのは禁止されているのかと思うほど、おとなしく、静かである。

しかも食事が終わるとともに、おばあさんたちのほとんどは、隣りの休憩室に行き、さらにお茶を飲んだり、お菓子を食べながら、話に花が咲いて、容易に立ち上がらない。

だが、おじいさんたちは食事が終わると、もはや此処には用事がないとばかり、早々に立ち上がり、自室に戻ってしまう。

これでは男同士で会話を交わし、親しくなる機会もない。

この光景を初めて見た女性たちは、みな一様に驚き呆れるようである。なんたる素っ気なさ、なんたる淡白さ、あれではおじいさんたちは淋《さび》しくなるばかりじゃないか、と。

いや、おじいさんたちも、正直にいえば淋しく、これでは皆と一緒に食事をする意味がない、と思っているのである。

当然、日頃から新聞やテレビを見て、さまざまな問題にそれなりの意見をもっているおじいさんが多いのだから、それらの意見を交わし合えば、話題は盛り上がるはずである。

しかしなにか話しかけたいけど、どう切り出せばいいのかわからないし、それで相手がのってきたら、どうして話をおさめたらいいのか、不安でもある。

こんなところにも、日頃気軽に会話を交わしていない男たちの戸惑いと自信のなさが表れ、結局、食事が終わり次第、黙って去って行くことになる。

「これで、いいのだ」

自尊心の強い男たちは、仕方なくそう自分に言い聞かせて、孤高の世界に閉じこもり、食堂を去って行く。

だが、はっきり言って、老いとともに、気力も体力も急速に衰えていく。老いて一人でいることが、もっとも体に悪いことは、多くの医師たちが言っていることでもある。

だがおじいさんたちは、生まれついての孤高な癖を直せない。

かくして現在、男の平均寿命は女のそれより七歳短く、七十九歳にすぎない。

男たちよ、このあたりで自分の好奇心だけに固まらず、女の話し好きな騒々しさを学び、自らの生き方を根底から変えてみてはどうだろう。

老い孤高など、明治時代ならいざ知らず、平成の時代では、もはや流行《はや》らない。

今、おじいさんが堅い口を開いて、お喋《しゃべ》りなおばあさんたちに接近していけば、老人ホームははるかに明るく、陽気になり、高齢者の病院通いも、急速に減ることは間違いない。

高齢者の男女比から見ても、男性は圧倒的に少なく、まさしく「モテ期」到来のビッグチャンスである。

この時期を逃さず、おじいさんたちが積極的におばあさんたちに接近すれば、男女ともに明るく楽しい老後が展《ひら》けることは、間違いないだろう。

其の八　嫉妬深さについて

女性の嫉妬は比較的早期に、
その対象に向かって
ストレートに表されるのに対して、
男性のそれは、やや遠回しで複数の人々を巻き込み、
かなりの時間をかけて具体化するケースが多い。
いずれにせよ、男も女も
嫉妬心はそれなりに強く執拗《しつよう》である。

男と女とでは、嫉妬心はどちらが強いのか。

そうきかれたら、ほとんどの男性は、「それは女だよ」と答えるに違いない。

さらに同じ質問を女性にしても、「そうね、女かも」と答えそうである。

結局、嫉妬心については、女の方が強い、というのが、一般的な見方と考えてよさそうである。

実際、私が五十名の男女に質問した結果でも、ほとんどが「女の方が強い」という回答であった。

嫉妬とは

ところで、一口に嫉妬といっても、人によって考え方や理解の仕方がさまざまである。

そこで改めて嫉妬について考えてみることにする。

まず広辞苑では次のように記されている。

一、自分よりすぐれた者をねたみそねむこと。

二、自分の愛する者の愛情が他に向くのをうらみ憎むこと。また、その感情。りんき。やきもち。

となっている。

ここではっきりわかるように、一つは、同性または異性を含めて、単純に才能や外見について、自分よりすぐれた者をねたみ、そねむ感情である。次いで、異性間の愛情に関わる問題で、りんき、やきもち、などと呼ばれるものである。

同じ嫉妬と言っても、このいずれに属するかによって、嫉妬の内容やその表現の仕方はいちじるしく異なってくる。

そこで、この両者を混同させないようにするため、まず初めの、自分よりすぐれた者をねたみ、そねむ感情を、「嫉妬A」とし、次の異性間の愛情に関わるりんき、やきもちなどを「嫉妬B」とする。

以下、この二つの分類によって、嫉妬の実態を考えていくことにする。

二つの嫉妬

まず自分よりすぐれた者をねたむ「嫉妬A」、この種の嫉妬は男女ともに感じはするが、その内容は男女によって、やや異なるようである。

まず男性における「嫉妬A」は、圧倒的に、頭の良し悪し、そしてさまざまな才能のあるなし、さらには仕事ができるか否か、といった点に絞られてくる。

たしかに、これらは現実の社会ではきわめて重要で、これを有している人々は、もっていない人々から、強い嫉妬を受けることになる。

もっとも、明晰《めいせき》な頭脳や才能をもっている者ともっていない者との差があまりに大きすぎるときには、ない者はあきらめざるを得ず、結果として、さほど強い嫉妬を相手に感じることもなくなる。

しかし、才能の差があまり違わぬ時、さらにわずかの努力次第で越えられそうな時。こういうケースでは、むしろ嫉妬心が強くなり、すぐれている側は強力な嫉妬を浴びることになる。

実際、大学や研究室、さらには各々の会社、そしてさまざまなセクションで、この種の嫉妬は実在し、その処理をめぐって、それぞれの職場で問題になっていることはたしかである。

では女性同士の「嫉妬A」ではどうだろうか。

この場合は、頭の良し悪しや、仕事の能力の有無などとともに、外見的な容姿が、かなり大きな嫉妬の対象となる。

以前、女性が主に家庭にいて外で働かなかった頃は、この外見の良し悪しが、女性にとって圧倒的な比重を占め、一生を左右することさえあった。

だが現在では、女性の多くは社会に出ているため、男と同様、頭の良し悪しや仕事の能力なども大きな比重を占め、これらの有無が、嫉妬の対象になることもたしかである。

このように、男女とも嫉妬の対象がさまざまな面に広がり、それらが互いに影響し合っているのが現状、と言っていいだろう。

動物では

ところで、嫉妬という感情は動物にもあるのだろうか。

この点について、詳しく書かれたものはあまり見当たらない。

しかし、動物同士の生態を見ていると、これとよく似た感情を表している光景を見かけることがある。

たとえば一匹の犬が美味《おい》しそうなものを食べていると、必ず他の犬が近付いてきて、それを奪おうとする。

これはまさしく、他の犬がもっている、よりすぐれたものを、ねたみ、そねむことで、嫉妬そのものに違いない。

しかしこの場合は、他の犬がもっているものを欲しいという感情をストレートに表し過ぎるので、これは人間が秘めている嫉妬とはいささか異なる。それ

より美味しそうなものを食べたい食欲というか、生存本能そのものと考えたほうがよさそうである。

幸い、大人になった人間は自らの欲望をそこまであらわにすることはなく、心の内側に秘めておくのが常識的で、かつ一般的である。

親しい者同士で

そこで、人間がさまざまな時に抱く、さまざまな嫉妬だが、もっとも多くて、わかり易いのが、親しい者同士の嫉妬である。

たとえば友達同士で、S子がT子に比べて容色がよく、さらにスタイルもよく、肌も美しい。

こういうとき、当然、T子はS子に対して嫉妬し、面白くないと思う。

しかしここから先は、各人により大きな違いがあり、そんなS子に負けたくないと思い、S子に追いつくべく懸命に努力するT子のような女性もいるし、最初から追いかけても無理と、あきらめる場合もある。

このように、嫉妬すべき対象が身近にいても、それに対する態度はさまざまで、一律とは言い難い。

さらに嫉妬の対象は、外見的な体型や容姿、そして体の能力などとともに、頭の良し悪し、さらには相手の両親や家族、そして生活環境などにまで、広くおよぶこともある。

このように、嫉妬の範囲はかぎりなく広がるが、かといって、いつまでもそれに拘《こだわ》り続けるわけでもない。

このあたりは、嫉妬する本人の性格やさまざまな周囲の事情、さらには周囲の人間関係に大きく影響されることは言うまでもない。

男と女の違い

ところで、これら嫉妬の受け止め方は、男と女によってどのように違うのか。

まず、女性同士の場合だが、もっとも激しく反応するのは、愛に関わる「嫉妬B」のケースである。

たとえば、一人の男性をめぐって、二人の女性で取り合うような場合、両者の嫉妬がもっとも強く表れ、ぶつかり合う。

ライバル同士、面と向かって非難し合うのはもちろん、他人の目も無視して互いに批判し、罵り合うこともある。

また、この種の嫉妬は容易に消えず、いずれかにおさまったあともなお尾を引き、燃え続けることも少なくない。

当然、男性同士のあいだでも、この種の嫉妬は存在し、ときには女性のように長く尾を引くこともある。

しかし男同士の愛に関わる嫉妬は、女同士のそれに比べて比較的弱く、いっとき強く表れることはあっても、歳月とともに落ち着き、やがて失せるのが一般的である。

これらのことから、「嫉妬B」にとらわれている男女を比べた場合、女性の方が圧倒的に嫉妬深く、それに比べて、男性ははるかに淡白でさっぱりしている、と思われるのが一般的である。

男同士の嫉妬

しかし、そういう事実から、男の方が淡白であきらめ易い、と決めつけるのはいささか問題である。

以下は現実に、ある企業であったことだが、ある男が社長やまわりの役員たちに巧みにすり寄り、副社長になり、やがて社長にまで昇進した。内部を知る者にとっては、きわめて巧みな、見方によっては狡猾《こうかつ》な出世であったが、これに同調できない、異論を抱いた男たちは新社長を認めず、裏で解任するべく動き出した。

それも一年や二年どころでなく、四年から五年間も執拗に反対工作を続け、ついに社長を現職の地位から引《ひ》き摺《ず》り下ろすことに成功した。

この間、反対運動をすること五年有余、その執念はまさに執拗としか言いようがない、すさまじさであった。

前に、女性の嫉妬は執拗だと記したが、それに勝るとも劣らぬしつこさである。

それにしても、この種のことは、さまざまな企業内で日常的におこなわれていて、決して珍しいものではない。

その事実は下は係長や部課長の人事から、上はそれなりのセクション、さらには会長などのトップの地位にまでおよび、日常茶飯事のように繰り返されている。

そして、それらの裏側には、必ず反対派の有力者が潜んでいる。

こうした一連の人事を見ると、男の嫉妬が、そして執念が、一般的に思われているほど、淡白でないことがわかってくる。

いや、見方によっては、男の「嫉妬A」の復讐《ふくしゆう》は女の「嫉妬B」のそれに比べて、長い観察と準備期間を経ておこなわれているだけに、はるかに入念で執拗で怖い、と言ったほうが当たっているかもしれない。

多様化して複雑に

初めに、女性の方が嫉妬深い、と書いたが、ここまで見てくると、男もそれなりに嫉妬深いことがわかってくる。

そしてその表し方も、個人が抱いている嫉妬や憎しみの強弱、その許容度の大小によって異なるが、さらに男女によっても、表し方が異なってくる。

総じて女性の嫉妬は比較的早期に、その対象に向かってストレートに表されるのに対して、男のそれは仕事上のポジションに強くこだわり、かなり長い歳月をかけて、徐々に相手の身分や立場を追い落とすような形で表れることが多い。

これらを見て改めてわかることは、女性の嫉妬は即物的でわかり易いのに対して、男性のそれは、やや遠回しで複数の人々を巻き込み、かなりの時間をかけて具体化するケースが多いことである。

いずれにせよ、男も女も嫉妬心はそれなりに強く執拗である。

そして近代文明がすすみ、人間生活が多様化するにつれて、嫉妬も一段と複雑に変化し、その復讐過程も多彩になることは避けられないだろう。

其の九　行動力はどちらが上か

男たちが今少し、思慮深くて、
反面、行動力が弱かったら、
人間社会ははるかに穏やかで、静かであったろう。
これから重要なのは、
男は女によく相談することである。
むろん女の判断が、すべて正しいとは言い切れないが、
男一人の判断よりはるかに視野は広く、
有益なのは間違いない。

表題のような問いかけを受けたとき、ほとんどの人は、「それは男でしょう」と答えるに違いない。

この場合、男性はもちろん、女性のほとんども、同じ答えのように思われる。たしかに、行動力だけにかぎってみたとき、男性のほうが女性より優れていることは、間違いないようである。

しかし、一つの行動を起こす背景には、それにいたる理由が必要である。そうすることが、今、必要か否か。さらに、その行動を起こして、自分がどの程度まで達成できるのか。そしてできない場合は、どのあたりでおさめるべきか。

これら、種々の判断力なくして、ただ思いつくまま、あるいは一時の感情に駆られて、一方的におこなうのでは、適切な行動力とはいいかねる。

さらにこの判断力も、人によって大きく変わり、その評価も見る人によって変わってくる。

これら個人差を言いだすときりがないので、ここでいう行動力とは、一応、常識的な人がそれなりに考え、このあたりが適切、と考えられたうえでの行動力、というものにかぎることにする。

男が起こした争い

古来から、男はさまざまな行動を起こしてきた。

そのなかで、もっとも大きなものは「争い」であり「戦争」である。

これらはいずれも当事者によると、「やむにやまれずおこなったもの」で、「必要不可欠な行為であった」ということになっている。

しかし、そのすべてが必要な行動であったか否か、疑問な点も少なくない。

さらにその行動を起こした当座はともかく、長い歴史の視点から見ると不要な行為であり、人々に幸せより、多くの犠牲を強いた行動、と思われることも少なくない。

たとえば、つい七十年前におこなわれた太平洋戦争は、日本の繁栄と大東亜共栄圏の確立のため、などという美名を掲げてはじめられたが、その実、三百万人以上の日本人の死と、敗戦という悲劇を招いた大惨事でしかなかった。

これほどの規模ではなかったとしても、戦国時代など、無数の争いがあり、それにより利を得た者と悲劇をこうむった人々は数知れず、争った男たちがなんと言おうと、それをすべて必要不可欠な行為、と言い切ることは不可能である。

そして当然のことながら、これらの行動により、もっとも大きな被害を受けるのは、行動を起こした男たちの陰にいた女性たちであり、その悲劇はまさに筆舌に尽くせぬほどの大きさであった。

このように、男の行動力の陰には常に多くの女性やさまざまな家族が存在している。それだけに男たちは行動を起こす前に妻や家族を幸せに導けるか否か、その点まで充分考えて、行動を起こすべきことは言うまでもない。

思慮に欠ける男

男の行動の背景に、女性や家族がいることは、これら戦争や大きな争いにかぎらず、日常の生活でも同様である。

多くの家庭生活においても、さまざまな行動を起こすのは、まず男であり、そして夫の方である。

たとえば、妻以外の女性に関心を抱き、やがてその女性と親しくなり、深い仲になる。さらにはその女性と結ばれ、時には子供までつくる。

こうした家庭内トラブルは、圧倒的に男たちが起こすことが多い。

もちろん、女性も夫以外の男性を好きになり、家を捨てて出ていくこともないわけではないが、その頻度は男性のそれに比べてはるかに低い。

これらの現実を見て、男のほうが行動力がある、と決めつけるのは、少し安易すぎるかもしれない。

この行動力には軽率というか、無責任という言葉をつけたほうがいい、と思われるケースも少なくないからである。

このような家庭生活にかぎらず、社会的な場、たとえば会社や一般的な会合などにおいても、男が一時的な感情から、一方的な行動を起こすことは、よく見られることである。

いわゆる、「かっとなって、やっちゃった」というのは、男性たちがよくつかう言葉であり、思慮というか分別が足りなくて後悔することは、枚挙に遑《いとま》がない。

これに比べて女性が、いわゆるかっとなって、なにかをしでかした、というケースはきわめて少ない。心の内側ではともかく、それが表に出て問題を起こす例は大変稀《まれ》、と言っていいだろう。

もっとも、だから女性のほうが思慮深いかというと、そうとも言い切れないことも少なくない。

これらさまざまなケースを見ていくと、女性は行動力が弱く、さらには腕力に自信がない結果、と言ったほうが適切かもしれない。

言いかえると、女性は男性ほどの力の強さをもっていないことが、結果として暴力に向かわせないわけで、それがプラスに働いていることは言うまでもないだろう。

男は鮭

以上、男はなまじ腕力に勝るため思考力に欠け、さまざまな点で行動を起こし易いことを見てきたが、これをさらに一般の日常生活のなかで想定して、考えてみることにする。

たとえば今、なにか夫婦喧嘩でも起こして、男がかっとなったとする。

この場合、多くの男は、「こんなところにいられるか」と捨て台詞を残して、家を出て行くことがある。

このように、男が怒って出て行くケースは、女のそれに比べて圧倒的に多く、結果として妻だけが残されることになる。

しかし、ここで妻たるもの、なにも慌てることはない。

男は威勢よく出て行くわりに、数日も経つと、結構戻ってくる。もちろん場合によっては半年から一年くらい出たままのこともあるが、それでも最後は肩を落として戻ってくることが多い。

要するに、一旦は出て行っても、そのほとんどはもとの古巣に帰ってくる。

このことから、わたしは出て行った男を「鮭《さけ》」と呼んでいる。

なぜなら、鮭は元気なときはさまざまな川を巡るが、最後は必ず自分が生まれ育った川に戻ってくるからである。

これに対して、一旦、出て行った女は二度と元の家に戻りはしない。たとえ家には夫がいて、待っているのを知っていても、そ知らぬ顔。

鮭のように男は時の勢いで、啖呵《たんか》など切り一見、威勢良く出て行くが、あとで後悔し、何日かあとにしょぼしょぼと戻ってくる。しかし女は出て行ったら最後、もはやもとの川に戻ってくる鮭のようなことはない。

このことからか、菊池寛の戯曲に「父帰る」という名作があるが、「母帰る」という小説はいまだ書かれたことがない。

この違いにこそ、女の決断の固さと、振り返らない性の強さが見事に表されている、と言っていいだろう。

過去を振り捨てる

男と女の違いは、現実の生活でも多く見られることでもある。

たとえば男の場合、過去にとらわれて、よく振り返る。

なにか部屋を片付けたり、整頓する場合でも、結構、過去のものにこだわり、それを保存しておくことが多い。

たとえば、ラブレターなどにしても、今はすでになんの関係もない、完全に別れた女性の手紙でも、ときには取り出して読み返したりしながら、結構大事にとっておく。

同様に、過去の女性に関わる思い出の品々なども、身近に残して平気でいる。おかげで、それらが一緒にいる女性に見付かり、あとで大きな問題を起こすことも少なくない。

要するに、男は見かけによらず過去に未練がましくこだわり、毅然と断ち切ることができないのである。

これに対して、女の過去への断ち切り方は見事にして鮮やか。

かつてどれほど深く愛し合った男でも、そのあと別の男との愛に目覚めてからは、過去の男に関わることとは、すべて完全に無視し、断ち切る。

その男からの手紙はもちろん、過去の男の気配が残るものは、すべて捨てて処分する。

この毅然たる態度は、まさしく男性的というより、これこそまさしく女性的と言うべきものである。

男と女の組み合わせ

ここまで見てきて、改めて感じることとは、神はなんと皮肉な組み合わせを男と女に与えられたものか、ということである。

さほど思慮深くなく、一時の感情に駆られ易い男に、強い行動力を与えられたとは。

この皮肉な組み合わせのおかげで、人々はこれまでいかに多くの悲劇をこうむってきたことか。

男たちが今少し、思慮深くて、反面、行動力が弱かったら、人間社会ははるかに穏やかで、静かであったろう。

一方、女性に今少し行動力が与えられていたら、男の猪突猛進《ちょとつもうしん》的な行動を抑え、世界の動向は、今とははるかに変わったものになっていたに違いない。

しかし今更、そんな愚痴を言ったところではじまらない。

それより、ここまで見てきた男と女の特性を、プラスの方向に生かすことを考えたほうが得策である。

それでは、現実に生きているわれわれはどうするべきか。

ここで重要になってくるのが、男は女によく相談することである。

今、自分はこんなことに悩み、あるいは苛立《いらだ》ち、こんなことをやらかそうと思っているのだが、どうだろうか。こう正直に打ち明けて相談する。

もちろんそれに、女は女なりの適切な判断を示してくれるだろう。

むろん女の判断が、すべての場合において正しいとは言い切れないが、男一人の判断よりはるかに視野は広く、有益なことは言うまでもない。

以上、行動力という観点から、男と女の特性、その各々の利点と欠点を見てきたが、何気ない一つの行動のなかに、男女それぞれの思いが秘められていることが、おわかりいただけたかと思う。

むろん、これがすべてというわけではないが、これを機に、男女のある行動を、単に表に表されたものだけでなく、その裏の背景まで含めて、より深く、かつ広く考えると、得るものも多いかと思われる。

其の十　グルメ度が高いのは？

女性に比べ、男性は体の変化が極端に少ないことから、
淡々としていて味覚が変わることもない。
これが料理の場ではプラスとなり、
調理は男性の仕事となったのであろうか。
他方、生涯ほとんど変わらぬ男性より、
その時に応じて臨機応変に変わる女性の方が
しなやかで強いとも言える。

グルメとはフランス語で、食通とか美食家というような意味である。

ここではもちろん、その意味でつかうのだが、同時に味に厳しいとか、味に敏感、というような意味でもつかいたいと思っている。

そこで、改めて男と女と、どちらがグルメか、ときかれたら、みなさんは、どのように答えるだろうか。

私が男女、二十人にきいた結果では、十六人が「男性」と答え、残るわずか四人が、「女性」という答えであった。

とくに尋ねた男性十二人の全員が「男性」と答えたのに、女性八人のうちでも半数の四人が、「男性」と答えたのには驚かされた。

女性はグルメではない

一般に、女性は男性に比べて圧倒的に台所や調理場に立つことが多く、それだけ女性の方が味にうるさい、と思われているのかと思っていたが、そうではないとは、意外な結果ではないか。

このことについて、さらにきくと、「女性はたしかに料理に関わることは多いが、そのほとんどは家庭料理で、レストランのような高級料理をつくることはないから」との答えであった。

たしかに、一流レストランでシェフや料理人などをしている女性に会うことは、ほとんどない。

これは、女性が料理人になる自信がないからなのか、それともその種の仕事が嫌いで向いていないのか。

一流レストランのシェフにそのことをきくと、女性で料理人になりたいという希望者はきわめて少なく、まず皆無に近いとのこと。

この理由はなになのか。さらにきくと、「女性は初めから、こういうところの料理人には向いていない、と思い込んでいるようです」とのこと。

これは本当なのか。そこで改めて和食の料理店、そして洋食レストランの内側をのぞかせてもらうと、いずれも実際に働いている女性は皆無であった。

男の働く場

以前から、日本料理店や一流のレストランで、女性の料理人を見ることはなかったが、その理由は、次のようなことからだと言われていた。

まず、男性ばかりの仕事場に女性が入ってもやりづらく、いろいろ神経を使うことも多いから、とのこと。

これはよくわかるが、実際の調理場では気合いを入れたり、声をかけ合ったりすることも多い。さらには魚や肉など、生《なま》に近いものを扱うので、動きの鈍い女性は不向きだから、というような意見もあった。

たしかにそう言われると、「なるほど」という気がしないでもないが、それでは女性だけが集まって、女性中心のレストランをやったらいいのではないか、という気がしないでもない。

もし、そんな料理店ができたら、男たちも行ってみたい気がするけれど。

髪が問題

これまで、女性が料亭や高級レストランの調理場にいない理由について考えてきたが、ここである男性料理人から、思いがけない理由をきかされた。

それはきわめて単純なことだが、女性は髪の毛が長いからだという。

たしかに多くの女性は髪を長くして、さまざまなヘアスタイルを楽しんでいる。

しかし、あの長い髪の毛がもし抜けて、料理にまじり込んだらどうなるだろう。

そんなことになったら、まじり込んだ料理はもとより、それと同時に、つくっていた料理すべてが客に出せなくなる、という。

たしかに、言われてみるとよくわかる。

せっかく高いお金を出して食べに行った料理に髪の毛が入っていたら、誰でもそこには二度と行かなくなるだろう。

それにしても、女性の髪がそんなに簡単に抜けるものなのか。

それより絶対抜けたりしないよう、事前によくまとめ、さらにキャップをしっかりかぶれば、大丈夫なのではないか。そんな風にも思うが、その男性料理人は、「だめだ」という。

彼によると、キャップをしっかりかぶっても、その端や首のまわりから、柔らかい毛髪が落ちることもあるという。

この男、余程女の髪の毛が嫌いなのか。

いくら気をつけても、やはり女性は無理だとか。

さらに他の料理人によると、女性は白粉《おしろい》や香水をつけている。この特殊な匂いのために、食事そのものの純粋な匂いや香りがわからなくなるという。

なるほど、言われてみると、そんな気がしないでもない。

どういう化粧品をつかっているかはともかく、女性のまわりには、さまざまな化粧品があふれている。これらが食料の純粋な味や香りをさまたげ、わかりづらくさせるかもしれない。

でも、主婦やお母さんたちは、いつも流しに立って料理をつくっている。これはどうなのかと思うが、それは家庭料理だから、かまわないとのこと。それに、家で家庭料理をつくるとき、女性は化粧をほとんどしていないとか。たしかに流しで料理をつくる度に厚化粧をされては、なにやら気持ちが悪くて、せっかくの料理も、食べる気が失せるかもしれない。

いずれにせよ、長い髪の毛とさまざまな化粧品は、「料理の大敵」ということになりそうである。

生理の有無

以上、女性が調理人として不向きな理由を考えてきたが、より致命的な理由がまだ他にあるという。

以下は、さる日本料理店の店長にきいたのだが、それは、女性に生理があるからだ、とか。

生理といえば、もちろん月経である。

これがあって、なぜ悪いのか。それはある意味で、女性の女性である証しではないか。

だがこれが問題だという。

なぜなのか？　これもきいてみると、理由は簡単。

女性は生理の度に味覚も変わるから、とのこと。

一般的に、生理のときには味覚が鈍くなり、わずかな味の変化に気付かず、見過ごしてしまうので任せられないと。

なるほど、言われてみると、これも重大である。

そのとおり、生理で味覚が鈍くなるのなら、生理期間中だけ休んでもらわなければならなくなる。

だがこれでは、大きな料理店の料理人を任せられなくなるのは当然である。

それにしても、生理によってそんなに味覚が変わるものなのか。

そこで先程の店長にきいてみると、かなり違うという。

彼は以前、家で自分の妻をつかって、生理毎《ごと》の味覚をたしかめてみたが、か

なり違ったとか。「あれでは、とても任せられませんよ」と笑っていたが。

それにしても、髪の毛の長さや化粧の濃さなどは、改めようと思えば改められないわけではない。

だが、生理だけは変えるわけにいかない。

今生理がきては味覚が狂い、料理人を務められなくなるから、と言って生理自体を止めたりしては、体の方が異常になる。

それを無視して料理人をしていたのでは、いずれ本人自身が調理場に出てこられなくなることは必定《ひつじょう》。

かくして料理人は男にかぎる、というより、女性に任せるわけにはいかない、というわけだが。

女は臨機応変

ここまで見てきて改めて感じることは、女性に比べて、男性は極端に体の変化が少ないことである。

いつも淡々としていて味覚も同じ。体の条件によって変わることもない。これが料理の場では大きなプラスとなり、調理は男性だけの仕事、となったのであろうか。「どうだ、凄《すご》いだろう」そこで太い腕でも見せて自慢する男性シェフがいるかもしれないが、だから男が勝《すぐ》れている、というわけにはいかない。

このあたりは、いろいろな見方があるが、生涯ほとんど変わらぬ男性より、その時に応じて臨機応変に変わる女性の方がしなやかで強い、という見方もある。

実際、女性は料理をつくるには適していない、信用できない存在かもしれない。

しかし料理を味わう、食べて楽しむ側としては、かなりのグルメかもしれない。

事実、「どこのレストランの、なんという料理は美味しいわ」と言いだし、みなに広げていくのは、ほとんど女性である。

和食についても、「あそこの、なんという料理は素敵で、高いお金を出しても価値があるわ」と、ブームをまき起こすのは女性。

実際、言われて行ってみると、たしかに美味しい、と納得させられることは多い。

シェフに不向きなはずの女性がなぜそこまで？　と不思議に思う人が多いかもしれないが、こういう時、女性は生理ではなく、体の調子がもっとも良い、絶好調の時なのかもしれない。

してみると、女性は料理をつくる調理人としてより、それを味わいたしかめる、消費者として向いている、ということになるのかもしれないが。

どちらが美食家か

ここで冒頭に戻るが、グルメとはフランス語で、食通とか美食家、という意味である。

さまざまな食に通じていて、美味しいものが大好き、というわけだが、この点において男と女、どちらが上か。

この本題に戻ると、初めに多くの人々からいただいた結果は、いささか怪しくなってきそうである。

というのも、冒頭ではグルメの意味を、食通とか味通というより、それらをつくる料理人として適、不適か、というような点から考えすぎたかもしれない。

たしかに、そういう視点でとらえると、女性はいささか味覚に乏しく、時に一方的に片寄りすぎて頼りない、ということになるのかもしれない。

しかしグルメを、出来上がった料理を楽しむ食通とか美食家という視点からだけ考えると、食に貪欲で好奇心旺盛な女性の方が上、ということになりそうである。

これに対して、男は料理をつくり、提供する能力は上だと言われても、なにか少し損したような気分になりかねないが。

男だって、料理の旨《うま》いまずいを判定する能力は優れているのだ、と言いたいところだが、どういうわけか、そちらに名のり出ることはきわめて少ない。

それより男が食味について言いだすのは、ラーメンや牛丼など、庶民的な料理が中心で、それだけ派手さがないことは言うまでもない。

かくして、本章の結論は次のようになるのかもしれない。

現在、男も女もそれなりにグルメではあるが、表立って派手でユニークな西洋料理では、女性の方がグルメである。

しかし、日本料理のように落ち着いて、微妙な味加減を楽しむものや、庶民的な料理では、男性の方がグルメと言ってよさそうである。

このように分かれたが、これには種々、異論のある方も多いかもしれない。

其の十一　男と女、性欲が強いのは？

男性の性欲は、
生まれながらに身内に秘めているのに対して、
女性の性欲は、
しかるべき男性とそれなりの愛の過程を経て、
ゆっくりと芽生えてくるものである。
このように性欲そのものが
男性と女性では根底から異なっており、
両者は比較、検討されるべきではない。

男性と女性と、どちらが性欲が強いか。

この質問を男女、各々十人ずつに尋ねてみると、男性十人のうち、「男」と答えた男性が七人に対して、「女」と答えた男性が三人。

一方、女性十人のうち、男と答えた女性が五人であるのに対して、女と答えた女性は三人。あとは「わからない」という答えであった。

以上の結果を見ると、どうやら、男の多くは男性の方が性欲が強い、と思い込み、女性も同じように、男性が強い、と思っているようである。

これはいったい何故なのか。

そして、男性の多くは何故、そのように思い込んでいるのであろうか。

同様に、女性の多くも、そのように思い込んでいるのは、何故なのか。

以下、これらの点について、順次、考えてみたいと思うのだが。

若い男ほど強い

アンケートは、この連載のためにわたしが個人的に試したもので、客観性には欠けるかもしれないが、ここで一つ興味深かったことは、男性のうち、若い男性ほど、「男の方が性欲が強い」と答えていることである。

これに反して、「男の方が性欲が弱い」と答えた男性は、いずれも四十代から五十代の男性であった。

一方、女性のうち、「男の方が性欲が強い」、と感じているのは比較的若い世代で、二十代から三十代までがほとんど。

逆に、「女性の方が強い」、と感じている女性は、四十代から五十代の女性ばかりであった。

以上のデータからわかることは、男性も女性も、若い時は、「男性の方が強い」と感じているが、年をとるのにつれて「女性の方が強い」と、見方が変わってくることである。

この感じ方は、多分、他の調査でも同様の結果で、現在日本人のほとんどの男女に共通する感じ方、と見てもよさそうだが。

欲求の推移

ではなぜ、このような結果が得られるのか、その理由を考えてみることにするが。

まず、男性の場合。

一般に、若い男性は生来の性欲を日々、着実に実感していると思われる。

そしてその時々に応じて、体の内側からわき起こってくる性欲に戸惑い、悩まされているに違いない。

実際、彼等は実に安易に、若い女性を見た時、また、女性の下着や衣類、さらには化粧道具や女性の匂いを感じただけで、欲情を覚え、局所が勃起してくる。

それらを絶えず実感している若い男性、とくに十代から二十代、そして三十代くらいまでは、日々ストレートに性欲を感じているのだから、自分たち男のほうが性欲は強い、と感じるのは当然である。

一方、これに反して、女性は若くても、それほどストレートに、性的欲望を感じることはない。

一人の男性を見て「素敵」と思っても、それがそのまま性的欲望につながるとはかぎらない。それより、むしろ精神的な憧れとして、その時点でとどまっていることが多い。

しかしこれらの男女も、年をとるとともに事情は大きく変わってくる。

たとえば男性の場合、中年になると仕事が忙しくなり、そちらの方に頭の大半をとられることになる。

また、体も仕事で疲れ果て、新しい意欲で女性に向かっていくことも少なくなる。

さらに中年になると、結婚している男性も増えてきて、女性への欲望は妻だけで充分、という男性が多くなる。

60
50
40
30
20
10
60
50
40
30
20
10

いや、それどころか、妻一人でさえもてあまして、もう女性は結構、と言いだす男もいる。

また、たとえ結婚していなくても、三十代前半から表れてくる体の衰えに、仕事の重荷がくわわり、若い時のように、性的欲望に悩まされる、ということも少なくなる。

そしてさらに四十代から五十代になると、男の性的欲望は一段と低下し、それと比べて女性、あるいは妻の方が性的欲望が強くなることも珍しくない。

「女性の方が性的欲望は強い」と答えたのは、この種の男性たちに違いない。

女性の欲望とは

ところで、女性たちはどうなのだろうか。

はっきり言って、女性の性的欲望は、男性と接することによって、初めて明確に表れてくる。

男性と直接、接することなしに、女性の性的欲望が明確に表れることは、ありえない。

さらに、女性の性的欲望は男性のそれのように、射精することでおさまる、といった類のものではない。

言いかえると、欲望といっても、男性のようにどこから始まり、どこで終わると規定できるものではない。

そうではなく、全身がそれらしい雰囲気につつまれ、悦《よろこ》びを感じ続けていられるムード、のようなものである。

そして、それは当然のことながら、男性と性的行為を重ね、くり返すことで得られるものである。

さらに問題なのは、いくら性的関係を重ねても、その相手の男性を心から愛し、その男性の良きリードがあって芽生えるもので、それなくして性的欲望にとらわれることはないだろう。

以上のような意味で、男性の性的欲望がすべての男性にありうるのに対して、女性のそれは、好ましい性的関係を体験できた女性にしか、感知しえないとも言える。

したがって、「性欲が強いか否か」という質問をする前に、まず、「性的欲望を感じたことがありますか」という事実の有無を確認する作業が必要になってくる。

もちろん、今回、質問した女性たちには、この種の事前の選《よ》り分けはしていないから、かつて性的快感を感じたことがない人も入っている可能性はあると思われる。

以上のことから、性的問題の調査については、そのベースというか原点から、男女間で大きな違いが存在することを忘れるべきではない。

熟女の実感

それにしても、今回の質問に対して、四十代、五十代の女性の三名が、「女性の方が性欲が強い」と答えたことは、注目に値する。

これらの女性は当然、しかるべき男性と性的関係を持続し、性的快感を得たうえで、正直に答えたのであろう。

もちろん、相手の男性はどういう職業でどういうタイプの男性であったのか、おおいに興味をそそられるところであるが。

さらに、女性の方が性的欲望は強い、と感じた理由はなぜなのか。そして、どの程度の性的関係であれば満足であったのか、その点も知りたいところではあるが。

いずれにせよ、こういう性的欲望を正直に告げる女性の存在はおおいに有意義である。

そして、その欲望をいま少し具体的に表し、男性に求めるものを正確に表現してもらえれば、男たちの大きな刺激となるとともに、参考になることは間違いない。

もちろん、その一部は、相手になった男性には告げられているのかもしれないが、ここから先は個々について想像するよりなさそうである。

いずれにしても、「女性の性欲の方が強い」と感じた三名とも、四十代から五十代のやや熟女であったことは、注目しなければならない要点である。

比較するのは無意味

改めて記すが、男子の性欲は生来誰もがもっている欲望であり、それを開花させるために、特別の時間や体験は必要としない。

しかるべき年齢、すなわち十代前半から半ばになれば自然に生じる欲望であり、それを芽生えさせるに当たって、特別の体験や精神的な愛着なども必要としない。

さらにその欲望は射精という行為で、きわめて簡単に処理することもできる。

ということは、その過程に必ずしも女性の存在を必要とせず、たとえいたとしても、その相手の女性へ愛情のような、精神的親近感がなくても可能である。

これに対して、女性の性感は、しかるべき男性と、それなりの性的関係をくり返して、初めて得られるものである。

それも、相手の男性への好意や愛着などがあって、初めて芽生えてくる。

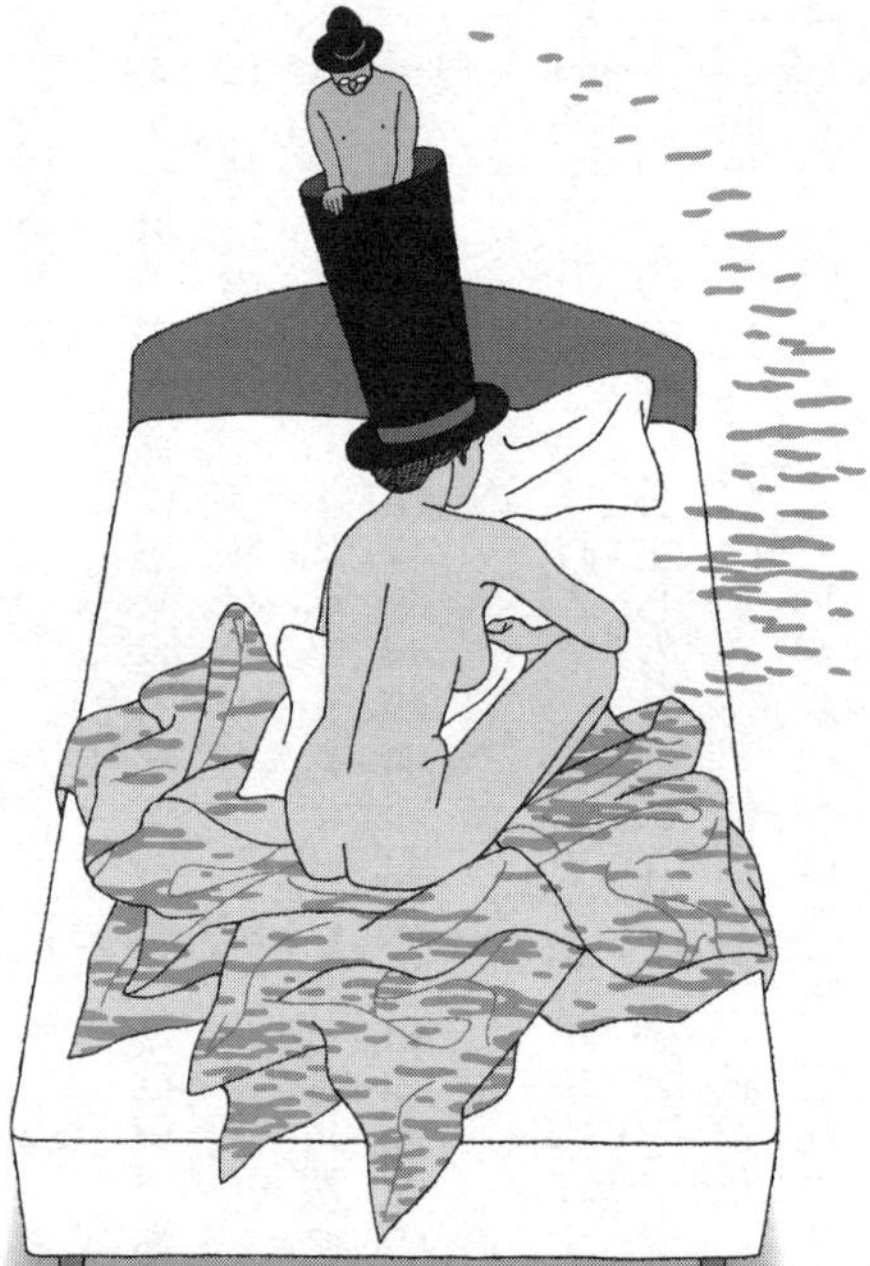

くわえて、相手の男性が性的に強い、逞しいと感じることは、それなりの性的関係が続いた結果として、得られるものである。

このように、男と女の性的欲望を比較した場合、その内容が大きく異なっていることがわかってくる。

すなわち、男性の欲望はすべての男性が生まれながらに身内に秘めているのに対して、女性の欲望は、しかるべき男性とそれなりの愛の過程を経て、ゆっくりと芽生えてくるものである。

このように、両者の成立過程を見直すと、男と女の性欲そのものが、根底から異なっていることがわかってくる。

そしてさらに言えば、この両者を比較検討することは、ほとんど意味がないこともわかってくる。

すなわち、男と女の性欲を比較すること自体、無意味である、ということである。

各人で考える

それでは、今回のテーマはもちろん、互いの性欲について考えてみることも、無意味であったのだろうか。

そんな疑問を抱く人もいるかもしれないが、わたしはそうは思わない。

それより、今回のテーマはおおいに意味があったと思っている。

その最大の理由は、男と女の性欲について、根本から考え直す機会を得たからである。

これまで、「男と女と、どちらが性欲が強いか」と、安易に尋ねたり、語り合う人も多かったようだが、この両者は本来、比較、検討されるべき問題ではなかった。

では、考えること自体、無意味であったのか、ということになると、決してそんなことはない。

なによりも、今回のテーマで有意義であったのは、男性の性欲と女性の性欲とは、比較、検討すべき問題ではない、ということがわかったことである。

この両者は、これまで延々と書いてきたとおり、まったく別の種類の欲望である。

そして、男の欲望は男にしかわからぬ独自なものであり、同様に、女の欲望は女にしかわからない独自なものである、という事実である。ゆえにこの両者は比較、検討されるべきものではなく、各々がそれぞれの胸のなかに秘めておくべきもので、その対処は各人なりに考えるべきものである。

いずれにせよ、性欲そのものも、男女によってこれだけ違うことだけは、忘れないようにしたいものである。

其の十二

逆境に強いのはどちらか

離婚や別離、失業など、
逆境に直面したとき、どのように対処し、
いかにして立ち上がるか。
じつは一見か弱そうな女性の方が、
男性より立ち直る力は強い。
この男と女の、見た目とは異なる強さと弱さ。
これこそ人間関係を複雑多彩にさせてきた原点でもある。

逆境とは。

このテーマを考える前に、まず定めておかなければならないのは、「逆境」という定義である。

一般に、逆境とは、どういう状態をさすのだろうか。

人それぞれに、さまざまな状態を想像するかと思われるが、ここでは男女それぞれにふりかかる好ましくない状態で、具体的に言うと、次のようなことになるかと考えられる。

それはまず離婚、そして親しい異性との別れ、さらに失業などなど。

これらに直面したとき、男と女はどのように対処し、いかにして立ち上がるか。

以下、それらの点について、男女それぞれの立場から考えてみたいと思うのだが。

別れからの立ち直り

離婚と別離について考えてみる。これらはいずれも、別れたくなかった状態を前提として考えることにする。

というのも、別れたかった場合の離婚や別離は、悲しみというより、喜びそのものだからである。

そこで別れたくなかった、相手が好きで愛していたけれど、別れざるをえなかったような場合。

こういう時、男と女とでは、どちらがより深く落ち込み、さらにどちらが早く立ち直れるか。

この点に関しては、かなりの個人差があるだろうし、別離にいたる経緯によっても、大きな違いがあるのではないか。

しかし一般的に見て、こういう状態からの立ち直りは、女性の方が、やや早いかと思われる。

とは言っても、女性もかなり落ち込むことはたしかである。

実際、そういう状態に直面した時、多くの女性は蒼《あお》ざめ、あるいは泣き続け、このままでは、もはや立ち直れないのではないかと、周囲の人々を不安におとしいれることも少なくない。

だがそれからしばらく経ち、一か月とか数か月経つと、意外にさっぱりと立ち直っていることも珍しくない。

もちろん、さっぱりと言っても、それは見かけだけで、本人の心のなかでは、まださまざまな辛《つら》さや悲しみなどで苦しんでいるかもしれない。

しかし、それから一年から二年も経つと、女性の多くは過去のことは忘れ、新しい生活になじんでいくようである。

これらは、もちろん一般的な見方で、なかには数年経っても、過去の悲しみから離れられない人もいるだろう。

しかし、ここではそうした特殊なケースは別として、あくまで一般の女性の場合、という条件の下で考えてみることにする。

さまざまな雑事が

ここで改めて思い出されるのは、女性の頭の切り替えの早さである。

一般に女性の動きを見ていると、一つのことをしているようで、次の瞬間、まったく別のことに熱中していることがある。

たとえば、幼い子供を相手に、いろいろ教えたり、注意をしているかと思うと、次の瞬間、料理をつくったり、他の人との会話に熱中していることもある。

短い時間のあいだに、さまざまなことに関わり、それを平然とこなしていく。

こうした傾向は女性独特のもので、男性の日常では、それほどさまざまなことが同時におきないし、おきたとしても、それらに巧みに調和していけない。

いずれにせよ、こうした女性の動きを見ていると、女性の方がさまざまな雑事に臨機応変に対処する能力が優れているように思われてくる。

もちろん、これらは日常的な雑事に対してのことだが、別により大きな問題に対しても、同様の傾向を示すのではないかと思われる。

すなわち、本章で問題とする大きな離婚や別離に対しても、女性はいつまでも、その一事だけに留まらず、他のことにも視点を移していく。

いや、一点に留まっていられないので、と言ったほうが正しいかもしれない。

幸か不幸か、このように、女性のまわりにさまざまな雑事が生じることが、ある意味で女性の気持ちの切り替えを容易にしている、と言えなくもないようである。

大きい体の変化

さらに今一つ忘れてはならないことは、女性の体の変動である。

こういう言い方ではわかりにくいかもしれないが、女性の体は時と場合によって絶えず変わっている。

たとえば生理の時、女性の体は体温はもとより脈拍も、さらには皮膚の感触から感受性まで微妙に変わっている。

当然のことながら、それによって、さまざまなことへの思いや、執着度も変

RECOLLECTION
RECOLLECTION

わってくる。

要するに、常に体や皮膚の感触が一定、ということはありえないのである。

このような事態は、当然のことながら、男性が体験することはありえない。それだけに、男性には到底、理解しがたいことなのだが。

体と感覚の変動は、当然のことながら、冒頭の別れの哀しみや淋しさといった精神的な衝撃にも、微妙に影響してくるに違いない。

そして、一般的に考えられることは、こうした体調の変動があればあるほど、過去の恋や、別れた人への思いも変わり易いかと思われる。

逆に言うと、この種の変動がないほうが、一つの思いは体の奥までしみつき、容易に変わることもないだろう。

いずれにせよ、こうした体の変動は女性独特のものであり、男性では容易に理解できない感覚でもある。

プライドの高い男たち

ここからは、女性から突然、離婚や別離を余儀なくされた、男性の場合を考えてみることにするが、一般に男性の受けとめ方は、女性のそれに比べて、いささか重いというか深いと言っていいだろう。

その理由として、まず考えられるのは、男性のプライドの高さである。

一般に、男性は女性に比べてプライドが高く、女性が自分の許《もと》から去って行こうとしていることに気がつかないことが多い。

このような状態で女性に去られると、男性は女性が感じる以上に傷つき、自尊心を失《な》くしてしまう。

もちろん、そういう落ち込んだ状態を他人にあからさまに示すことはあまりないが、心の内側では大きくへこたれてしまう。

また困ったことに、男性には気分転換に相当する機会がきわめて少ない。

先の女性の場合のように、子供の世話をしているかと思うと食事をつくりだす。幸か不幸か、このような日常生活上の変化がほとんどなく、一つの事をしていると、ひたすらそのことに没頭してしまう。

これはこれで、仕事をする場合には好ましいことではあるが、いやなことや不快なことが舞い込んだ時には、気分の転換をやりにくいだけ、精神的負担が大きくなる。

さらに男性には、女性の場合に見てきたように、体調自体が変動することもほとんどありえない。

もちろん、これ自体悪いことではないが、逆に言うと、それだけに一つの思い、女性に去られた淋しさや口惜《くや》しさは、常に重くのしかかり続けることになる。

過去にこだわる男

さらに今一つ問題なのは、男性は意外に過去のことを忘れず、過ぎたことに執着する。

たとえば、ある女性からもらった手紙やプレゼントなどを、いかにも大切そうに保管する。

もちろんそれらとともに、彼女とのさまざまな思い出や彼女と交わした言葉なども、鮮明に覚えている。

こうした思い出にこだわる、執着する傾向は、別れたときなどはとくに顕著に表れ、過去を容易に捨て切れない。

このように、男性は一見男らしく、さばさばしているように見せかけてはいるが、心の中は意外に繊細というかナイーブで、傷つき易いのが実情である。

それだけに、女性に去られるとか、女性との別れを余儀なくされた男性は、おおいに傷つき、落ち込んでしまう。

しかし、男性はそれを表に見せることはあまりない。それどころか、極力、心の内側に閉じ込め、なにごともなかったように振る舞ってみせる。

だが、その無理はいつか、どこかで表れる。

たとえば、一人でいる時など、突然去っていった女性を思い出し、異様にののしり、悪口を言い続ける。

しかも、その程度のことをしたからといって、女性に去られた口惜しさと怒りが消えることはありえない。

複雑な男女の強さ

ここまで見てきたら、今回のテーマの結論は、もはや明らかになったも同然である。

男と女、逆境にどちらが強いか。ふられたり、別れを余儀なくされた時、どちらが早く立ち直れるか。

答えは、言うまでもなく「女性」である。

男性より女性の方が、孤独や淋しさから立ち直る力は強い。

こうした事実は、男女の表面を見ているだけでは容易にわからない。それどころか、表面だけ見ていては、女性の方が弱い、と錯覚するケースも少なくない。

しかし男と女のあいだには、過去、無数の別れがくり返されてきた。そしてその度に、二人のあいだでは、言葉では表しきれない、多くの思いが行き来し、悩んだことは間違いない。

だが結果として、そうしたどん底からまず立ち上がったのは女性である。そして女性はその間に、生まれた子供を育て、新しい家庭を築き、さらに新しい人間関係を広げてきた。

これに対して、孤独に沈んだ男性の多くはそのままなにもせず、ひたすら一人だけの世界に落ち込んでいくことが多かった。

こういうとき、男性の心に共通するのは、ナルシスト的甘えとでもいうべきものである。

そしてそれに反発し、自ら鼓舞して立ち上がるというより、そこに生じた孤独になじみ、そんな自分に甘え、安住する者もいた。

改めて記すが、男性のひ弱さは外形からでは容易にわからない。

誰でも、一見、大きくて逞しい男性を見たら、一人で強く生きて行くのだと思ってしまう。

しかし、現実には、それとは逆のケースがままおきる。

こんな男に比べて、一見、細くてひ弱で頼りなさそうな女性の方が、いち早く悲しみから立ち直り、新しく生きて行く。

こういう意味で、女性はしたたかな現実主義者である。

いっときの悲しみや切なさにとりつかれても、やがてそれを払い捨て、新しい人生の第一歩へと踏みだして行く。

この男と女の、見た目とは異なる強さと弱さ。

これこそ、人間関係を複雑多彩にさせてきた原点でもある。

今回の「男と女、どちらが逆境に強いか」は、そうした意味で、より深い男女関係の解明に役立つ、とも言えるだろう。

其の十三

新しい環境に早くなじむのは？

一般的に女性の方が柔軟性があり、
いい意味で、自分自身をはっきりもっていない。
これに反して男性は、
自分というものをそれなりにもっているが、変革を嫌う。
洋の東西を問わず、保たれてきた結婚の形態を見ても、
環境順応性は、
女性の方が強く優れていることは明白である。

このテーマを考えるに当たって、まず注目されるのは、結婚の形態である。

これが今まで、どのようにおこなわれていたのか。

そこで直ちに思いつくのは、女性が男性の家に嫁として入って行くケースである。

これは今までもっとも多くおこなわれてきた形で、それ故、古い地方では、いまだに、「嫁取り」などという言葉が残っている。

要するに、これまでの結婚の多くは、妻である女性が夫である男性の家に入って行く。いわゆる嫁入りであり、これを男性側からみると、まさしく嫁取りであった。

そして、この行事にちなんで、嫁入り衣装とか嫁入り道具などが準備されてきた。

これに対して、きわめて少ないが、「婿取り」という行事もあった。

これは男性が結婚する女性の家に入ることで、いわゆる養子になることであった。

昔から、このケースは嫁取りに比べて大変少なく、養子になった男性は姓も女性の家のそれに変わるのが一般的であった。

しかし現実には、女性が男性の家に入る、いわゆる嫁入りが圧倒的に多く、以前はこの形が実際の結婚の九割以上を占めていたようである。

夫の家に妻が入る

今見てきたように、最近までの結婚の形態は、ほとんどが夫の家に妻が入ることによって成り立ってきた。

そこで問題になるのが、妻の順応性というか対応性である。

夫をはじめ、夫の家にいかになじむか。

当然のことながら、そこには夫の両親はもとより、さらには夫の兄弟姉妹などもいるかもしれない。

くわえて、夫の家には妻の実家とは異なる生活習慣があり、その流儀もかなり違っているかもしれない。

もちろん収入や経済事情も違うだろうし、金銭感覚も異なるかもしれない。

さらには食物や料理の仕方もその家独特のものがあり、親戚付き合いや近所付き合いもあるに違いない。

結婚して夫の家に入るときほど、環境が大きく変わることはない。とくに都市よりは地方において、この環境の変化は顕著である。

そしてこの変化に、嫁いでいった女性は対応し、合わせていけるだろうか。

まさしく今回のテーマである、新しい環境の変化についていけるか否か。その力が試されることになる。

世界的に見ても

それにしても、なぜ結婚するに当たって、女性が男性の許に移り、入っていくことになっていたのだろうか。

どうしてこの逆に、男性が女性の家に入っていくことになっていなかったのだろうか。

この傾向は、日本だけではなく、中国、東南アジアはもとより、ヨーロッパやアメリカでも、基本的に、女性が男性の許に入っていく形が一般化されているようである。

これは、なぜなのか。

はっきり言って、このことについて、まともに考えた人はいないようである。ほとんどの人が、そういうものだと思い込み、納得しているようだが、不思議である。

そこで今一度、「なぜなのか」と考えて、思いあたることが一つある。

「その方が間違いないから」

これだけではなにか頼りないが、多分これが正解に違いない。

男と女が一緒になりたい時、女が男の家に入るほうがうまくいくことが圧倒的に多かった。古くから、その方が無難で間違いがなかったようである。

逆に、男が女の家に入ったのでは、いろいろトラブルが生じ、失敗するケースが多かった。

そんなことから、今の形が定着したと見るのが、もっとも妥当なのではないか、と思うのだが。

男が女の家に入ると

もし、男性が女性の家に婿として入るとしたらどうだろう。

この場合、もちろん養子としてではなく、ただ結婚するためだけに。

もちろん他人の家に入ったのだから、一応、男たちは大人しくしてはいるだろうが、そのうち、さまざまなものが気になってくるに違いない。

まずリビングルームのソファの向きから、テレビの位置。さらにはテーブルや椅子の並び方。

そして食堂から書斎のあり方、寝室の広さからベッドの向きなどまで。

一つ気になりだしたら、すべてが不満になり、落ち着かなくなってくる。

こうした、もの言わぬ家具類はまだ我慢ができるとして、その家にいる義理の兄弟や姉妹など、その一人と気持ちが合わないだけで、たちまち家にいられなくなってしまう。

それどころか、義父や義母となにかのきっかけで意見が合わなくなり、彼等の言うことが気になりだすと耐えきれなくなり、家を飛び出すかもしれない。

こうなったら、もはや終わり。結婚状態を続けていくのは不可能になる。

この種のトラブルは、女性が嫁して夫の家に入った場合に比べて、男性が彼女の家に入ったほうが圧倒的に多く、問題も深刻になるに違いない。

変革に弱い男たち

それにしても、男性はどうして彼女の家族や親戚縁者たちと、気持ちを合わせていくのが難しいのだろうか。

この理由は男性に共通するものだが、男性はそれまでなじんだ環境や人間関係に固執し、それ以外の変化に対応するのが苦手だからである。

いや、この場合は、それ以外の変化に対応する能力に欠けている、と言ったほうが正しいかもしれない。

とにかく、男性は変革に弱いのである。

今まで慣れ親しみ、順応したものには執着するが、それ以外の新しいものには容易になじみ親しもうとしない。

これは、まさしく男の特性で、これによって男たち固有の考えや伝統が守られるという利点もある。

これに対して、女性たちが自分たち独自の考え方や伝統を守り、これを誇示するようなことは、ほとんどありえない。

それより女性たちは、現在、身近にあるもの、あるいは親などから受け継いできたものをむしろ捨てて、新しいものを積極的に取り入れようとする。

こうした傾向は、流行やファッションをつくり、古いものを捨てていく能力、と言ってもいいかもしれない。

これらの点で、女性は男性よりはるかに敏感で、勝っているとも言える。

このように、男は現在あることにこだわるところから保守的で、女は現在にこだわらず、未来志向であるところから、進歩的と言うことができるだろう。

洋の東西を問わず

以上、男女の違いを見てきて、改めて気がつくことは、女性の方が柔軟性があり、いい意味で、自分自身をはっきりもっていない。

これに反して男性は、よし悪しは別として、自分というものをそれなりにもっている。

ではこの両者が、結婚のような新しい環境で出会うとしたら、いずれが受け入れる側で、いずれが飛び込む側になるべきか。

この答えは、すでに触れてきたように明快である。

変化することを嫌う、環境順応力に劣る男性は受け入れる側になり、逆に環境順応力に優れ、変わることをさほど嫌わない女性は、嫁ぐ側になるべきではないか。

そしてこの関係は、これまで長い歴史の間、多く見られる形であり、今後もある程度、この関係は残っていくだろうと思われる。

それにしても、この男と女の関係、現在に至るまで維持され、続いてきたものである。

それも日本だけでなく、アジアからヨーロッパまで、洋の東西を問わず、保たれてきたことは、まことに特記すべきことである。

最近の変化

ところが最近、この男と女、両者の関係がやや変わるというか、微妙に変化しつつあるようである。

たとえば、これまでなら圧倒的に女性が男性の内側に入り込み、それを男性が受け入れる形が多かったのに対して、最近は男性が女性の許に入り、それを女性が受け入れるケースがやや増えてきたようである。

とは言っても、それで養子縁組が増えてきたわけではない。そうではなくて、漠然と男が女の家や家族の中に入り込んで、生活している例が増えてきただけだが。

しかも、それでトラブルが生じるかというと、さほどでもないとか。

こういう男性は、女性の許で結構大人しく女性に合わせ、無難に生活しているのが実情のようである。

いずれにせよ、これは男性の女性化か、あるいは女性の男性化というべきか、ともかくこれはこれで注目すべき現象ではある。

異国への定着性

結婚関係を中心に、男と女の環境順応性を見てきたが、今一つ重要なのは、異なる土地への定住性である。

たとえば、自らの生地である日本以外への定着性。これは男女でどのように違うのか。

残念ながら、これには今、正確なデータが手許にない。

しかし一般的なイメージからいってこの異国への定着性は、女性の方がかなり高そうである。

もちろん、男性で異国に定着した人も少なくないが、そのほとんどはまず仕事の面から住みはじめ、それが長引いたケースがほとんどのようである。

これに対して、女性は必ずしも、仕事のためというより、やはり恋愛や人間関係でその土地になじみ、定着したケースが多いようである。

そして当然ながら、男性は仕事が終わるとともに日本へ帰るケースが多いが、女性はそのままその土地にとどまるというか、残るケースが多いようである。

そしてこの点においても、多くの男性に共通している保守性と伝統への執着性が大きく影響していると思われる。

以上、さまざまな面から、新しい環境になじむ力を見てきたが、この点において女性が強く優れていることは、すでに明白である。

もちろん、最近、多少変化の兆しがないこともないが、大勢として、環境適応力においては女性が圧倒的に強い、と断じて間違いないようである。

其の十四

男と女、どちらが性的快感は強いのか

男性の性的快感は、等しく瞬間に集約されているのに対して、
女性の快感は、より複雑で多彩で、大きな個人差がある。
性の悦びを強く感じる女性とそうでない女性と、
その間には大きな開きがあるが、
原因の多くは付き合う男性によるものだ。
男性はこの事実に着目し、
反省すべき点はおおいに反省すべきである。

表題のようなテーマを取り上げるのは異常というか、とてつもない冒険かもしれない。

しかし、今回でこのシリーズは最終回である。

それだけに、これまで誰も考えなかった、男と女の根源的な問題に取り組んでみたい、と思ったのである。

ところで性的快感だが、これほど多彩で変化に富んだものはない。くわえて、個人差もきわめて大きい。

しかも困ったことに、この快感は接する相手によって、大きく異なってくる。

それを文章で明確にとらえ、表現することができるだろうか。

わたし自身、不安でもあるが、あえて試みてみることにする。

男の自慰

まず、男性の性感だが、これは意外に単純で明快である。

それというのも、男性の快感のポイントは、きわめて狭く、かぎられているからである。

それは、言うまでもなくペニスである。

まさしく、男性の快感はこの一点にしぼられている、と言ってもいいだろう。

それだけに、男性は常にここを気にして、関心を抱いている。

そして、男性は一人でいる時、ここに秘《ひそ》かに触れていることも多い。

そしてこれが高じると、いわゆるオナニーとなる。

自らの手で自らを癒す。いわゆるオナニーは、男性にとって、きわめて容易におこなうことができる。

それだけに夜など、自室で秘かにオナニーをしている男性はきわめて多い。

はっきり言ってこの行為は、少年期から自然に覚え、家族などに隠れておこなうようになる。

そのため、身近にいる母親も、この事実に気付かぬことがほとんどである。

ただこの行為は、男女の淫らな写真やビデオなどを見ておこなうことが多いので、よくそれらの品物が、少年の机の抽出《ひきだ》しなどに隠されていることが多い。それだけに、少年の部屋からその種のものを見付けたら、まず隠れてオナニーをしている、と判断して間違いないだろう。

ただし、ここで間違ってはいけないことは、オナニーをすること自体、悪いことではない、ということである。

少年が十歳から十四、五歳になり、正常の発育をとげていたら、オナニーをしたくなるのは、自然な成長の結果、と考えるべきである。

たしかにその行為自体、素敵とか美しいとは言えないが、男子の成長段階において自然におこなう行為として、暗黙のうちに認めてやるのが、むしろ母親のつとめと言っても、いいだろう。

実際、その種のことは、その父親も若かった頃は、当然のようにしてきている。

それだけに、父親は息子がオナニーをしていると母親からきいたところで、せいぜい苦笑するだけである。

このように、男性のオナニーはその男子の成長過程で、ごく自然におこなわれることだが、といって、公《おおやけ》にすべきようなことではない。

それより、あくまで家族にもかくれて秘かにする。この「恥じらいながらおこなう」という態度を、男子は常に守るようにしたいものである。

女性の自慰

男性の性的オナニーに対して、女性のオナニーはどうであろうか。

はっきり言って、こちらは男性のそれに比べて極端に少ない、と思われる。

この理由は、男性の性的快感のポイントが、ペニスという一点に明確にしぼられているのに対して、女性の場合は、それほどはっきりしていないことによる、と考えられる。

とはいえ、女性にも性的快感を感じるところはある。

それは、膣前面にあるクリトリス（陰核）である。

だがここは、男性のそれに比べてはるかに小さく、かつ狭く、女性自身にも容易にわかりにくい。

しかもそこは、男性のペニスが外に突き出ていて、とらえやすいのに比べて、平たく、かすかな盛りあがりがあるだけで、外からも容易にわかりにくい。

くわえてそこは、男性のそれのように、性的刺激物を見ても立ち上がったり、肥大することもない。

さらに、解剖学的にくわしく見ると、女性の陰核は膣の外側より、むしろ内面に広がり、外側からそのすべてを見て、たしかめることは不可能である。

このような箇所を自慰するには、当然のことながら、その表面に指先で触れるとともに、さらに指を膣の内部まで挿入させて刺激しなければならない。

妙なたとえだが、これは単純に飛び出しているペニスを指でとらえて刺激するのに比べて、きわめて複雑で難しい行為、と言って間違いないだろう。

そのせいか、女性が自慰をすることは、男性のそれよりはるかに少なく、とくに少女期の女性の自慰は圧倒的に少ないか、ほとんどないと考えて間違いないだろう。

男性の快感

ここまで、男女の性的自慰の実態を見てきたが、では本章のテーマである、性的快感そのもの、これは、男女いずれが強く鋭いのであろうか。

この答えは、女性である。

これに対して、「なぜ？」と首を傾げる男性が多いかもしれないが、性的快感そのものは、圧倒的に女性の方が鋭く、強い。

ところで、オナニーをする男性たちは、その最後に必ずと言っていいほど射精する。この快感は全身が震え、頭の中がなにがなんだかわからなくなるほど、鋭く強いものである。

とにかく、あんな気持ちのいい瞬間はないと、男性のみながみな答えるだろう。

そのとおり、たしかに男性の射精の瞬間の快感は、鋭くて素晴らしい。

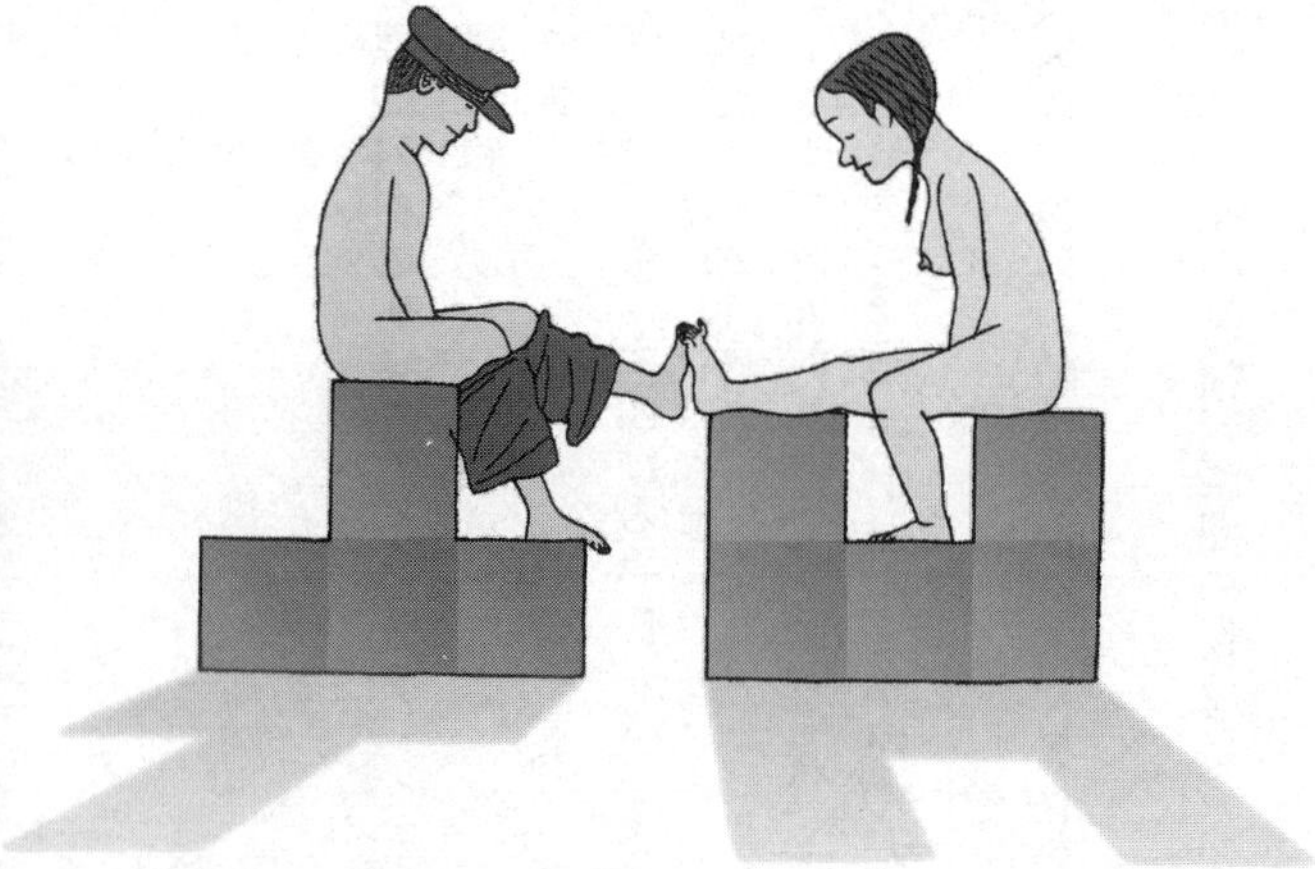

だがはっきり言って、それはあまりに短く早すぎる。

「あっ」と声を出し、全身が震えるほどの快感にとらわれるが、次の瞬間、それは急速に薄れ、やがて消滅感が広がってくる。

気持ち良かった分だけ、逆に消えていくのも早い。

そしてそのあと、それまでの快感から急速に覚めてくる。

よく男性が性行為のあと、早々に立ち上がってバスルームに行ったり、服を着始めて動き出すことに女性が驚き呆れるのは、まさしくこうした理由からである。

要するに、男性は射精するまでは狂おしいほど熱く求めるが、一旦、射精すると、たちまち覚めて、普段の自分に戻ってしまう。

これは、男性自身が気が変わりやすいとか、冷たいというわけではない。

そうではなく、男性の体自体が覚めやすく、変わりやすくつくられているからである。

女性の快感

それでは、女性の快感はどれくらい強くて深いのであろうか。

この点に関しては、はっきり言って大きな個人差がある。

まず女性のオナニーそのものにしても、かなり感じる人から、ほとんど感じない、という人までさまざまだが、これは女性性器の複雑さとともに、そこへの触れ方によっても大きく異なってくるからである。

さらに女性の場合、オナニーの欲望は、男性のそれに比べてはるかに弱く、一般的ではない。それより、男性との性的関係において、女性はどのくらい快感を得て、どれほど肉体的、精神的影響を受けるのか。

ここで問題になってくるのが、男女の性的関係だが、これを、ぜひ欲しいと求めている女性は意外に少なく、いろいろな調査によると、成人女性の二〇パーセントから、せいぜい三〇パーセント未満のようである。

この他の大半の女性は、男性との性的関係をあまり歓迎せず、なかには夫が求めてくるので仕方なく応じている女性も、かなり多いようである。

この背景には、性行為自体が男女の共同作業であり、この場合、とくに男性が主導的な立場に立つため、男性のリードの良し悪しが、女性の快感に大きな影響を与えているからである。

当然、セックスの下手な男性にリードされた場合、女性はなにも感じず、さらには不快になることも少なくない。

これに反して上手な男性に、しかもその男性を強く愛しているような場合、女性の快感はさらに増し、狂おしいまでの悦びにとりこまれるようになる。

こうして得られた女性の悦びの最高は、男性の射精の瞬間の悦びを軽く凌駕《りようが》する。

こうした意味で、性的快感は女性の方が勝る、ということになるだろう。

優しくおだやかに

ここまでみてきて、改めてわかることは、男性の性的快感はみなほとんど等しく、射精の瞬間に集約されているのに対して、女性の快感はより複雑で多彩で、大きな個人差があることである。

すなわち、このまま死んでもいいと思うほどの深い悦びから、触れ合うのもいやだと思うケースまで、変化がありすぎる。

それだけに、女性の性的快感を、どのケースにかぎって評価するかによって、結果も大きく変わらざるをえない。

しかしできることなら、女性のもっとも強く感じる快感を、女性の快感として評価するのが自然のありかた、というものであろう。

むろん、性的快感をあまり感じない人の場合は、無視されることになるが、これはやむをえないとしか言いようがない。

かくして、女性のもっとも強い快感と男性のそれ、すなわち射精の瞬間の快感とを比較した場合、結果は女性の方に軍配を上げざるをえなくなる。

以上の経緯から、女性と男性とどちらが性的快感は強いか。この結論は、「女性の方が強い」ということになる。

それにしても、性の悦びを強く感じる女性と、あまり感じない女性とがあり、その間に大きな開きがある。

この原因のほとんどが、その女性と接する男性によることは、忘れるべきではない。

改めて、世の男性諸君は、この事実に着目し、反省すべき点はおおいに反省すべきである。実際、自分のどこがいけないのか、そして、どのやり方が、女性にとって好ましくなく、不快なのか。

これらの点は、個々のケースについて、男女とも考え、話し合っていくと、かなり明快になるはずである。

もちろん、ここでそれらの点まで考え追求することは、本文の趣旨ではないし、目的でもない。

ただ一点だけ、あえて要点を示すならば、男性は女性と接するとき、自分の欲求だけに走らずに、相手の気持ちも充分考えて、優しく、穏やかに接するべきである。

1
2
3
4
5
6
7
8

もちろん接吻《せつぷん》をし、愛の言葉も交わし、愛撫《あいぶ》を重ね、相手が充分、燃え上がったところで求めていく。

これだけは、忘れないようにしたいものである。

以上、今回の章を含めて、十四回にわたった本篇のシリーズを閉じることにする。

なかには、わたしの独断的な考えが出すぎた点もあったかもしれないが、今後、男女の問題を考えるに当たって、また好ましい相手との関係を持続し、別れないためのひとつの参考にしていただければ幸いである。

対談

渡辺淳一×行正り香

男と女の根本的な違いを知ると恋愛も夫婦関係もうまくいく

撮影・秋元孝夫

行正り香（ゆきまさ・りか）

一九六六年、福岡県生まれ。カリフォルニアに留学中、ホストファミリーの料理作りから料理に目覚め、広告代理店勤務を経て、料理研究家に。『行正り香の旅で出会ったイタリアン』などレシピ本多数。ほかに『歌って、遊ぼう♪なるほど英語「英語ノート1」に対応』『声に出して、学ぼう！ なるほど英語「英語ノート2」に対応』など子供用英語教材も手がける。

草食系男子×肉食系女子……
男女関係は世につれ変われど

行正　渡辺さんの作品を最初に読んだのは大学生のころでした。『白い宴《うたげ》』という心臓移植の話で、文系と理系の両方の頭脳を持っている方なんだと感銘を受けた覚えがあります。それから『失楽園』や『孤舟』など、いろいろな作品を読んできて、渡辺さんの作品はいつも男性と女性の両方の視点から描かれているところが、ほかの恋愛小説と違っておもしろいなぁ、と。それが心を軽くしてくれるんです。

渡辺　男と女の根本的な違いを書くことによって、男と女が別れずにいい関係を持続する方法が見えてくる。この本ではそこを追求しています。今、男が弱くなって女が強くなったと言われているけれど、昔から、男が威張っている中に隠されていた限りない弱さや、女が控えめにしてきた中に秘めた限りない強さがあったわけでね。また今、草食系男子と言われるけれど、彼らには性欲がないわけではない。性欲の表現が変わってきただけでね。男の中に男性ホルモンが流れ、女の中に女性ホルモンが流れている限り、時代の変遷を超えて、男女の本質は変わらないんです。

行正　草食系男子、肉食系女子という言葉は、男性は弱い面を出してもいい、女性は強くてＯＫ、と少し正直になって出てきた言葉かもしれないですね。私はかつて働いていた場所が男社会だったので、男の人ってつくづく繊細なんだなぁと思っていました。メンツやプライドなどいろいろなしがらみの中で、家族など肩にのしかかってくるものもあり、何かあるとドミノ式で倒れていくことがある。その繊細さは、生理的なところからも来ているんでしょうか。

渡辺　僕は外科医として体験して驚いた事実がいっぱいあってね。たとえば痛みに対する反応にしても、四十代の強そうな男の手術中に「麻酔を追加しましょうか」と言うと、「いや大丈夫です」と言うんだけどね、ふと見ると、あまりの痛みに意識を失っていたりする（笑）。

行正　私はふたりの娘を帝王切開で産んでいるんですけど、ふだんお酒に強いので、手術中に麻酔が効きづらいかもしれないと思って「先生強めにお願いします」などと注文したり、「ノドが渇いたのでお水ください」と言ったり、意外に冷静でした。女性は最後には〝どんとこい〟なんだと思います。

渡辺　そう、男は仮に十か月の妊娠期間も耐えられない性なんです。産む性である女性の強さも、メカニズムを踏まえてきちんと書いていこうと思っています。

男と女の根本的な違いを知る。そこから別れない関係も始まる

行正　女性が描く男性の理想像は〝男は黙って高倉健〟みたいなところがあって、パートナーとしてなんでも頼りたくなりがち。家庭のこともあれもこれもやってくれるに違いないと誤解してしまいます。だけど、そんな男性はなかな

かいなくて、期待するほどフラストレーションになってしまうことが多いですよね。

渡辺　行正さんはそういうところをよく理解しているからいいと思うんだけど、男と女の違いは外見だけではなくて、さっきも言ったように、体内を流れているものの違いもある。人間の行動は圧倒的にホルモン主導なんです。だからそのことを知って関係を築くべきなんだ。

行正　以前、車の撮影で砂漠やマイナス何十℃の北極圏に行った時、ひと言も文句を言わずに黙々と仕事を進めていく男性の姿に感動しました。一方で、会社の後輩にあれもやって、これもやって、と頼んだら、「同時にできません！」と本気の目で訴えられ、いろんなことを一度に頼んじゃダメなんだとハッとしたことも。

渡辺　男は繊細であり、そして確かに強い。だけどその強さというのは、ここにある石を叩《たた》き割れと言われれば割れる、という強さなんです。そういうことと、家庭をまとめたり、統率していくこととはまったく意味が違う。

行正　ビンのフタを開けてと言われたら開けられる。でも、お風呂沸かしてごはんの支度しながらおむつを替えるとか、そういうことはできない。いくつも頼むとパニック状態になるとわかってから、まずは、一つだけ頼むことにしました。最初にお風呂掃除を頼んだのですが、いつの間にかお風呂にカビが生えていて、ダメだと思い、次はゴミ捨て。けれどゴミにショウジョウバエが湧いて、これもダメか、と（笑）。で、結局、娘を保育園に連れて行くのだけはやってもらうことにしました。最近はお好み焼きをつくってくれたりいろいろと協力してくれるようになりました……。

渡辺　今、行正さんが言ったことはすべて男が苦手なことなんだよね（笑）。NHKの大河ドラマでやっているけど、戦国時代は、男は外敵と戦うのが役目だったわけで、そんな時代に家事をやれとは誰も頼まないわけです。人間だけではなく、すべからく自然界のオスは戦う性なんです。だから今のように敵がいない状況だと、オスは存在感を発揮する場が少ない。もちろん、平和なことはいいことですよ。男も死ななくてすむわけだから。

行正　戦う性だから、男は、ゴルフなどスポーツにのめり込むのかな。うちは週末はもっぱらラグビーに燃えています。肝心な時にいてもらえないイライラはありますが、冷静に考えたら、彼がそうやって楽しんでいるほうが家族はハッピーなんですよね。だから、女性は自分が強い、いろんなことができる、と認識したほうがラクですね。さまざまな情報に惑わされがちですが、一つ言えることは、現代の妻たちは、夫に期待し過ぎない〝技術〟を身につける必要があるということかと思います。

男は男らしく、女は女らしく。
それは先人の知恵でもあった

渡辺　現代の男は会社で戦っています。入社と同時に同期で競い、トップになり続けたやつが社長になる。

行正　私は、悪口って女性が言うものと思っていたんです。ところが会社に入ってみたら、男性のほうが悪口を言う。

渡辺　男は極めて嫉妬深い生き物だからね。いつも相手を蹴落とそうとしている。それはオスの名残なんだね。

行正　戦ってトップになると孤独になる、それも気の毒だなって思いますね。

渡辺　トップに上り詰めた男はガード下の焼き鳥屋で一杯やれないからね（笑）。一方出世争いで敗れて傷ついた男は、家庭に帰ると妻に「友だちはみんな部長になっているのに、あなたヒラじゃない」などと言われてよけいに傷つく。

行正　それを、勤めていた会社ではよく「後ろから矢を射られる感じ」と言っていました。一生懸命やってきて、さらに後ろからドーン（笑）。

渡辺　それでなくても深く傷ついているわけだから、優しく迎えて欲しいな（笑）。

行正　男の人ってほめられると極端に伸びる生き物だと娘の保育園時代に知りました。女の子は意外に冷静で、髪型をほめても、「それ、○○ちゃんにも言ったでしょう」と言われてしまう。男の子は絵が上手だねってほめると、見て、見て、と何度でも描いて見せに来る。

渡辺　男はそのまま大人になっていく。だから、男の子と女の子では育て方も違えないと。

行正　今は、男女区別せずに育てるという風潮があるけれど、私は男は男らしく、女は女らしくというのはいい言葉だと思います。男は男らしくって言ってあげないと、ずっとめそめそしちゃうんです。

渡辺　そうそう、地が弱いから、男は。

行正　うちは娘ふたりなので、男の子に大上段で言うのと違って、靴をそろえなさいとか、きちんと片づけなさいとか、細かいことをすごく丁寧に教えています。でないと、大ざっぱなまま育ってしまいそうなんですよ。時代は変わっても、動物としての人間は変わらないはずだから、今の時代はこうだからって変えるより、先人がやってきたことに従ったほうが成功率が高いのではないかと、単純に考えています。

渡辺　子育ても夫婦関係も、性のメカニズムの違いを理解したうえで、行動パターンも違うということを理解したほうがいい。実生活に大きく響くし、それが原因で別れたりしたらもったいない。ただし、夫婦の関係でなによりも大切なことは、男と女は違うけれど、あくまで五分五分なんだということで。金を稼いでくるからえらいなんていうことはまったくないわけだから、そこのところを間違えちゃいけない。

行正　私も夫婦で一番大切なのは、対等であることだと常々思っていました。お互い対等だから尊敬し合える。精神的に自立しているからこそ足りないところもカバーし合える。でも、日本の場合、結婚するとパパ、ママになって、一気に家族単位になってしまうんですよね。家計も財布を一つにしてしまう。渡辺さんの『孤舟』にありましたが、エリートサラリーマンの主人公は、妻に財布をすべて任せていて、いざ退職したら、自由に使えるお金がなくて後悔していましたね。

渡辺　給料を全部渡して自分が養っていると勘違いしている。あれは日本の定年後の男を悲惨にしている最大の原因だね。そんなことでは、老後の自立もほど遠いわけです。

行正　渡辺さんの作品ですばらしいなと思うのは、男女の性にしても、定年ということにしても、日本人がオープンに語らなかったこと、ある意味タブー視してきたことを、ある時は社会的に、ある時はメディカルな分析を加えながら、語ってこられたところだと思います。そして、どの作品も、女性に対しては尊敬があり、男性に対しては、尊敬と憐《あわ》れみがある（笑）。そういうどちらの性に対しても対等な目線は、これからの時代、すごく大事だと思います。

渡辺　男と女は違うからこそぶつかることもあるけど、魅《ひ》かれもするわけでね。違うことを認めることがそのまま愛し合うことにもつながるんだね。

（構成・おおくにあきこ）

本書は、二〇一三年一〇月、集英社より刊行されました。

初出
「LEE」二〇一一年六月号〜二〇一二年八月号

集英社文庫

男《おとこ》と女《おんな》、なぜ別《わか》れるのか

2017年5月25日　第1刷　　定価はカバーに表示してあります。

著　者　渡辺淳一《わたなべじゅんいち》

発行者　村田登志江

発行所　株式会社 集英社
東京都千代田区一ツ橋2-5-10　〒101-8050
電話　【編集部】03-3230-6095
　　　【読者係】03-3230-6080
　　　【販売部】03-3230-6393(書店専用)

印　刷　凸版印刷株式会社

製　本　加藤製本株式会社

フォーマットデザイン　アリヤマデザインストア　　マークデザイン　居山浩二

ISBN978-4-08-745588-5 C0195